Surya Mahadeva

O BUDA DO MEIO

A Luz no Sabre de Diamante

Carlos Costa França

Maio de 2025

Dados Internacionais de Catalogação na Publicação (CIP)
(Câmara Brasileira do Livro, SP, Brasil)

França, Carlos Costa
    Surya Mahadeva : o Buda do meio : a luz na
Sabre de Diamante / Carlos Costa França. --
1. ed. -- Gramado, RS : Ed. do Autor, 2025.

    ISBN 978-65-01-49918-5

    1. Budismo 2. Espiritualidade 3. Romance
brasileiro I. Título.

25-275757   CDD-B869.3

Índices para catálogo sistemático:

1. Romances : Literatura brasileira   B869.3

Aline Graziele Benitez - Bibliotecária - CRB-1/3129

Gramado– RS 2025 / Pseudônimo: Carlos Costa França

Produção Editorial:

Edição de Capa/Arte e Miolo: Carlos Costa França

Preparação de Texto: Carlos Costa França

Carlos Costa França

Formado em Odontologia e, posteriormente, em Psicologia pela Universidade Federal da Bahia, o autor é conhecido por sua obra diversificada. Entre seus trabalhos, destacam-se o romance "Quando Dormem as Feiticeiras" (2009) pela Editora Novo Século, além dos livros "O Culto do Lobo" (2000), "Caravana da Alma" (2010), "A Lenda de Arquitaurus" (2013), "Óleo de Baleia" (2014), "Crônicas de um Lápis" (2015), "Cartas para Alma Gêmea" (2015), "O Direito e o Dever de Curar-se" (2016), "O Breve Voo da Libélula" (2017), "Poesias Pagãs" (2018), "Exu e a Máquina do Tempo — Encruzilhadas" (2019) e "O Breve Voo da Libélula — Vol. II" (2021), disponíveis em e-books e impressos. Ele ainda é autor de uma série de escritos que abrangem desde poesias até livros infanto-juvenis e textos técnicos."

Aum Ma Na Shi Va Ya'.

"Eu saúdo a consciência divina que habita em mim e em tudo, através da purificação emocional (Ma), do corpo e estabilidade (Na), da chama da transformação (Shi), da expansão vital (Va), e da união sutil com o todo (Ya)."

"Satya" (Verdade), "Jyoti" (Luz), "Moksha" (Libertação).

"Não há um só caminho para o alto da montanha. E, às vezes, quem se afasta da trilha marcada descobre a fonte que todos procuravam."

Ditado do Vento Leste

Agradecimento

Aos mentores, nobres guias e ancestrais,

às Deusas, aos Deuses e aos elementais.

E, com profunda reverência, ao TODO —

imanência e transcendência absoluta.

Sumário

Considerações do Autor

Uma Epifania Literária

Nas primeiras horas de uma segunda-feira, despertei sem conseguir dormir direito. O sinal de Wi-Fi oscilava como um pato rouco, enquanto o som da chuva — que costuma ser tão relaxante — era interrompido pelo entra-e-sai da conexão. Foi então que minha mente começou a divagar de forma indomesticável, e sem querer entrar nos salões palacianos da vigília, deparei-me com a mesma dúvida atribuída ao rei Luís XVI de França:

— "É uma revolta, guarda?"

— "Não, majestade, é uma revolução!"

No meu caso, era uma revolução interna — uma revolução da mente, do espírito. Assim, resolvi mergulhar em pensamentos e meditações sobre Buda e seus ensinamentos sobre a vida, a morte e o renascimento.

De repente, como num lampejo, toda a estrutura de um novo livro surgiu em minha mente — incluindo até mesmo o fim e a imagem da capa. Era a história de um monge que trilharia o caminho inverso do próprio Siddharta: um monge que se tornaria rei… e, ainda assim, alcançaria a iluminação.

A ideia nasceu de um diálogo interno com o próprio Buda — uma construção imaginativa, uma epifania criativa (ou talvez não) — em que eu questionava o caminho que ele percorreu até a iluminação. E se houvesse outra via? E se, em vez de renunciar ao mundo, alguém o abraçasse, reinasse sobre ele… e mesmo assim despertasse? (foi alguma coisa nesse sentido, perdoem-me gente, afinal foram muitos pensamentos em meio a tempestade insone.)

Fiquei impressionado com a clareza dessa visão criativa. Naquele instante, o dragão do sono lutava sozinho contra um exército de pensamentos e inspiração. Ele caiu das alturas — mas, felizmente, dragões são imortais. Quando o embate chegou a certo equilíbrio, perguntei a mim mesmo: que dia é hoje? 21 de abril de 2025 — numericamente, um sete (2 + 1 + 4 + 2 + 0 + 2 + 5 = 16; 1 + 6 = 7). E o próprio 21, por sua vez, é três vezes sete.

Curiosamente, o número 7 tem um significado profundo em minha numerologia pessoal. Historicamente, é considerado um número sagrado e místico em diversas culturas e tradições espirituais.

No cristianismo, simboliza a perfeição divina — os sete dias da criação, os sete sacramentos, as sete virtudes. Na tradição judaica, o sétimo dia é o Shabat, tempo de descanso e reconexão com o sagrado.

Na filosofia pitagórica, o 7 representa a introspecção e a busca pela sabedoria, estando ligado aos sete planetas clássicos e às fases da lua. Para muitos, é também símbolo de transformação espiritual, renovação e passagem entre mundos — o visível e o invisível. Entre inúmeros outros simbolismos, que aqui apenas toco de leve, o 7 permanece como um número que convida ao silêncio interior, à escuta profunda e ao despertar.

Como se isso não bastasse, ao despertar, recebi a notícia de que o Papa Francisco havia falecido, aos 88 anos — um número também simbólico, cuja soma resulta, curiosamente, em sete (8 + 8 = 16; 1 + 6 = 7). Coincidências à parte, lembrei-me de tê-lo visto em uma entrevista durante a Semana Santa. E, em silêncio, desejei que tivesse tido uma boa passagem.

Essas sincronicidades me fizeram refletir ainda mais sobre o processo do luto, tema central de um texto que fiz por aqueles dias. A morte é inevitável, mas entendê-la e aceitá-la pode ser um caminho de transformação pessoal.

Acredito que este novo livro, também inspirado nessas reflexões, poderá contribuir tanto para quem busca compreender melhor o ciclo da vida quanto para aqueles que enfrentam a dor existencial. Contudo, o viés será, de fato, a potência da vida e caminho espiritual — uma celebração da existência frente à finitude.

Minha História com o Budismo

Bem, tudo começou aos 18 anos, enquanto me preparava para o vestibular para Odontologia. Na época, morava em uma residência estudantil e buscava na leitura um caminho para melhorar minha redação. Foi quando um colega me recomendou um livro sobre um monge tibetano — uma narrativa que mesclava ensinamentos espirituais com elementos de romance.

A obra contava a história de um jovem que ingressava cedo em um mosteiro. Aquela leitura, de certa forma, marcou o início da minha própria jornada espiritual, despertando em mim uma nova forma de enxergar a vida. Não se tratava apenas de religião, mas de transformação interior. Simbolicamente, eu também havia entrado num mosteiro.

Fiquei profundamente tocado pelos princípios apresentados e passei a pesquisar mais sobre o lamaísmo, vertente do budismo praticada no Tibete, com seus rituais, meditações e uma rica tradição filosófica.

Naquele momento, vivia um paradoxo: o budismo pregava o desapego, mas eu estava imerso em preocupações materiais — estudos, metas, futuro profissional. Ainda assim, nunca deixei de considerá-lo a filosofia espiritual mais completa que conheci, por sua lógica profunda, método claro e, sobretudo, pela compaixão sem julgamento que estende a todos os seres, humanos ou não.

Outro aspecto que me transformou foi a visão budista da reencarnação. Embora já familiarizado com o conceito devido à influência do espiritismo na cultura brasileira, foi no budismo que o encontrei de forma mais estruturada, integrado a uma ética profunda da existência. E ali, tive minha certeza.

Minhas Vidas Passadas

Tendo essa certeza, comecei a me perguntar: quem fui antes?

Lembrei-me de um momento da infância. Tinha sete anos e estava sentado no meio-fio da rua mais larga da minha cidade no interior da Bahia, recém-calçada de paralelepípedos. De repente, olhei para o horizonte e fui tomado por uma sensação estranha — como se tivesse acabado de chegar de volta à vida. Fiz uma expressão involuntária, quase um "Aqui estou, neste planeta, outra vez". A lembrança ficou gravada em mim, sem explicação.

Na época, não entendi. Anos depois, ao mergulhar na ideia de reencarnação, busquei respostas — e por muito tempo, encontrei apenas silêncio. Cheguei a acreditar que jamais descobriria algo. Afinal, sempre fui racional; como essas revelações surgiriam para mim?

Até que um dia, inesperadamente, vi.

Estava deitado em silêncio quando uma tela mental se abriu. Com clareza impressionante, visualizei o consultório de odontologia que dividia com colegas — cada detalhe vívido, como um filme em alta definição. Via a luz do poste filtrando-se pelas cortinas, sentia a atmosfera do lugar. Então, num corte abrupto, a cena mudou: eu estava na Chapada Diamantina, diante de uma tribo indígena. Antes disso, porém, testemunhei a formação de um ancião Lakota-Sioux, moldado pelos quatro elementos — o fogo do céu, a água da cachoeira, o ar e a terra. Ele me encarava com severidade. Abaixo dele, outros indígenas de traços brasileiros. Foi então que ouvi, vinda do nada uma voz que dizia:

"Você já foi um índio!"

Era minha primeira confirmação clara de uma vida passada.

Com o tempo, outras visões vieram — em sonhos, intuições ou em círculos espiritualistas. Hoje, sei que já fui um druida celta, uma bruxa medieval, um guerreiro Querusco, um cátaro perseguido, um nobre na corte de Elizabeth I, um rei francês, um membro da tribo Zulu, um escravizado (talvez no Brasil) e nobre português. E provavelmente, não tenho certeza, um monge lamaísta no Tibet. Também um médico inglês. E a memória mais antiga que acessei, no planeta Terra, porém, foi a de um sacerdote no templo de Osíris, no Egito. Ainda descubro fragmentos, aos poucos, como peças de um quebra-cabeça que se encaixam nas várias vidas, embora o processo seja bastante lento.

Por anos, acreditei que qualquer um poderia acessar suas vidas passadas — bastaria querer. Repetia: "Se eu, tão racional, consegui, imagine outros". Hoje, não tenho mais tanta certeza. Percebi que não se trata apenas de lembrar, mas de uma buscar maior — e talvez haja um propósito nisso. Também não se trata apenas de uma reencarnação no corpo físico, mas de um renascimento integral — energético, astral e mental. É a evolução da essência em múltiplos planos, transcendendo a simples mudança de forma para se refazer em níveis mais sutis e elevados.

Mas essa... já é outra história.

Pilares do Budismo

Um dos pilares do budismo que me marcou profundamente foi o seu sentido de *Dharma*. Essa palavra tem muitos significados, mas, de forma simples, pode ser entendida como a lei universal.

Seguir o *Dharma* é alinhar-se com a realidade tal como ela é, e viver de forma sábia e compassiva.

É a verdade última sobre como as coisas são:

Tudo é impermanente *(anicca)*.

Tudo é insatisfatório *(dukkha)*.

Nada possui um "eu" fixo *(anatta)*.

É a lei de causa e efeito *(karma):* ações geram consequências.

Já o coração do ensinamento de Buda são as Quatro Nobres Verdades, que ele ensinou logo após sua iluminação:

A verdade do sofrimento *(Dukkha)* – A vida contém insatisfação, dor, perdas e frustrações.

A verdade da origem do sofrimento – O sofrimento surge do apego, do desejo e da ignorância.

verdade da cessação do sofrimento – É possível extinguir esse sofrimento.

A verdade do caminho que leva à cessação do sofrimento – Existe um caminho prático que leva à libertação, conhecido como o Caminho Óctuplo.

O Caminho Óctuplo é uma espécie de manual de vida ética e meditativa, dividido em oito aspectos:

Compreensão correta – Entender a realidade como ela é, incluindo as Quatro Nobres Verdades.

Intenção correta – Cultivar pensamentos de renúncia, boa vontade e não violência.

Fala correta – Evitar mentiras, calúnias, palavras duras e fofocas.

Ação correta – Agir de maneira ética e não prejudicial.

Meio de vida correto – Ter um modo de vida que não cause dano a seres vivos.

Esforço correto – Cultivar estados mentais positivos e abandonar os negativos.

Atenção plena correta – Estar consciente do corpo, dos sentimentos, da mente e dos fenômenos.

Concentração correta – Desenvolver a mente por meio da meditação profunda.

Embora nunca tenha abraçado a vida monástica nem me vinculado formalmente ao budismo, alguns de seus ensinamentos ecoaram em mim ao longo dos anos. Agora, décadas depois, sinto o chamado espiritual para escrever um livro que brota justamente desse primeiro encontro com o pensamento oriental. Esse reencontro não é apenas uma recordação, mas um despertar, uma sincronicidade, pois veio em meio as comemorações do nascimento, passagem e iluminação do Buda — um renascimento impulsionado pela transformação silenciosa que essas ideias semearam em mim, e que hoje florescem em novas compreensões.

31 de maio 2025

Carlos Costa França

A Rosa Sobre o Lótus

O sol havia escalado o zênite. Era meio-dia, a hora em que o *Tathagata* nascera — e agora, também, a hora em que ele partira.

Lakṣhmi, vestida com o manto pardo das monjas, sentava-se em silêncio no terraço de pedra do mosteiro. As flores de ameixeira dançavam ao vento, mas seus olhos estavam fixos no céu. Lá embaixo, no campo aberto ao lado do templo, uma criança tentava recuperar uma pipa multicolorida, que escapara de suas mãos. A linha se rompera.

A pipa, leve e irredutível, subia com firmeza em direção ao sol. Ela girava, tremeluzia, mas não caía. Subia — como se soubesse para onde ia.

Lakṣhmi sorriu.

Não havia dor em seu coração.

Não porque a ausência não doía, mas porque ela havia sido preenchida por algo maior: a presença verdadeira.

Recordava a juventude do *Tathagata* — o monge, sua reverência silenciosa, o sabre do discernimento que jamais se ergueu contra homem algum, mas que conduziu tantos, inclusive ela. Revelava apenas como um instrumento de embate contra o medo e ilusão. E que cada um deveria tomar sua própria lâmina de luz da fonte do silêncio primordial.

Agora, ele era como aquela pipa: finalmente solto, levado não pelo acaso, mas por uma leveza conquistada vida após vida.

E ela, que conhecera o amor do príncipe, do irmão, do amigo, do mestre, agora compreendia sua essência no mais íntimo: ele jamais fora seu. Era da luz.

E por isso, pertencia a todos.

Ela uniu as mãos diante do peito, e o gesto era prece — mas também gratidão.

"Vai, amado. Que tua luz toque o coração de outros, como tocou o meu. E que este sabre de diamante — que não corta, mas ilumina — brilhe agora em mil mãos, sem jamais ser perdido."

As nuvens abriram-se, o vento cessou. A pipa sumiu no céu azul, justo quando o sino do meio-dia soou. E então, em silêncio absoluto, Lakshmi fechou os olhos.

E permaneceu ali, em contentamento — como quem reconhece, sem dúvida, que a roda girou, mais uma vez, com perfeição.

Manifesto — O Sabre de Diamante

Não é o corte que define o destino —

mas o discernimento *(prajna)*

e a luz que ele reflete antes de tocar o ar.

Há quem veja na lâmina apenas a força,

mas o verdadeiro praticante reconhece o silêncio.

Antes de qualquer movimento, há um ponto imóvel,

onde a mente cessa e a clareza começa.

O Sabre de Diamante não corta com violência,

mas com precisão —

e separa o necessário

de um necessário ainda maior,

onde o conflito se dissolve no mundo barulhento.

Essa luz não vem de fora —

nasce da lapidação interior:

de cada escolha difícil feita em verdade,

de cada emoção enfrentada sem fuga,

de cada medo transmutado em autoconhecimento,

de cada estudo refletido, aguçando o discernimento,

de cada amor que se aprofunda com a sabedoria,

de cada busca além das crenças humanas,

de cada mestre —

desde que o primeiro e último

seja você.

A luz no sabre é o instante em que o guerreiro da sabedoria

não luta mais contra o mundo,

mas se torna parte do que deve ser feito —

sem ego, sem pressa, sem ruído.

É o gesto que não precisa provar nada,

porque já se tornou extensão da consciência desperta.

Nesse caminho, não se busca vitória.

Busca-se lucidez. Entendimento pleno. Integração.

E o brilho da lâmina é apenas o reflexo do espírito purificado.

Quem trilha esta senda não ergue o sabre para aniquilar,

mas para desvelar —

um corte que não fere, mas liberta.

Discernimento é a lâmina que atravessa a névoa de Maya:

seccionando a ilusão, a dúvida, o apego —

tudo o que é transitório e não resiste ao toque da vacuidade.

É disciplina viva no despertar:

Gesto de equilíbrio legítimo na Senda Óctupla,

lâmina hábil contra os véus da ignorância —

ferramenta perene de todo caminho

que respira sabedoria.

Pois o guerreiro do *Dharma* não luta contra sombras,

mas as dissolve no fogo da atenção plena —

e no vácuo do corte, brilha o que sempre esteve lá:

a natureza última da mente,

indivisa, imaculada,

vacuidade em ação.

A luz do sabre

é a paz no centro da tempestade da dualidade —

pois diante dela,

a turbulência recua,

treme, afasta-se,

desaparece.

É firmeza que não se petrifica:

lâmina afiada no silêncio do sublime,

cortando as raízes do sofrimento

sem deixar cicatrizes.

Gesto preciso —

o instante transmutado

em eternidade.

Carlos Costa França

Um Conto Budista

(Mais ou menos aconteceu assim...)

Nos dias em que Sidarta Gautama, após alcançar o Samadhi sob a Árvore Bodhi, tornou-se o Buda, ele começou a ensinar o caminho da libertação aos seres presos no Samsara.

Certa vez, enquanto o Iluminado repousava em serena meditação, Ananda, seu discípulo mais devotado, vigiava com atenção. Foi então que Mara, o Senhor da Ilusão — o mesmo que outrora tentara corromper o coração de Buda antes de sua iluminação — surgiu diante deles.

Ananda inflamou-se de imediato.

— Você não tem vergonha? — rosnou, erguendo-se com os punhos cerrados. — Como ousa aparecer diante do Mestre depois de tudo o que fez?

Mas Mara não vinha com sua habitual arrogância. Seus olhos, antes ardentes de malícia, agora pareciam turvos como um lago perturbado. Ele trazia no semblante uma angústia profunda.

— Só quero trocar algumas palavras com o Buda — disse, numa voz que mal escondia a inquietação e certo abatimento, apesar de sua imponente figura.

Ananda olhou com mais atenção: as mãos de Mara tremiam levemente, e sua postura — antes altiva — estava agora curvada, como a de alguém carregando um fardo invisível. Ainda assim, o discípulo manteve-se firme.

— É melhor ir embora. Não há chance de o Venerável Mestre receber alguém como você.

Mara respirou fundo. Quando voltou a falar, havia uma firmeza inesperada em suas palavras:

— Apenas avise-o de que estou aqui, caro Ananda.

O discípulo hesitou. Mas, percebendo que não poderia impedi-lo, suspirou:

— Está perdendo seu tempo... Mas, se insiste em desperdiçá-lo, não serei eu quem o impedirá.

Com um último olhar desconfiado, Ananda afastou-se para falar com o Buda.

— Mestre... Mara está lá fora. Tentei mandá-lo embora, mas ele insiste em vê-lo. Peço perdão por minha falha. Não consegui dissuadi-lo.

Buda, que parecia já saber de tudo antes mesmo das palavras serem ditas, apenas sorriu.

— Ah, ele está aqui? Não se preocupe, Ananda. Mande-o entrar.

Ananda quase tropeçou em suas próprias vestes. Seu semblante estava tão perplexo que até um cego poderia ler o turbilhão de pensamentos que o atravessava em suas expressões faciais:

"Como pode o Mestre receber aquele que é a própria encarnação da ilusão? Aquele que lançou exércitos de demônios contra ele sob a Árvore Bodhi? Aquele que ainda hoje semeia desejo e sofrimento no coração dos homens?"

Por um instante, chegou a se perguntar se aquilo não seria mais uma artimanha de Mara — algum truque para perturbar a paz do *Sangha*.

— Mas, Venerável Mestre! Ele é um demônio! Tentou destruí-lo no momento da iluminação e ainda corrompe incontáveis almas! — considerou Ananda de modo afável, mas visivelmente angustiado.

Buda inclinou levemente a cabeça, e seu sorriso era como a lua refletida em um lago tranquilo.

— Ananda, todos os seres são absolutamente iguais em uma coisa, há uma irmandade essencial: todos sofrem. Vamos ouvir o que ele tem a dizer.

O discípulo ficou em silêncio, refletindo sobre aquelas palavras. Sua resistência inicial contrastava com o ensinamento do Mestre sobre a compaixão irrestrita e o não julgamento. Sentiu-se pequeno diante da sabedoria do Buda — e, ao mesmo tempo, tocado por ela.

Por fim, curvou-se e foi avisar Mara.

Quando o Senhor da Ilusão se levantou e caminhou até o Buda, não havia triunfo em seus passos — apenas o arrastar cansado de quem carrega um peso maior do que pode suportar. Ao olhar novamente nos olhos de Mara, Ananda não viu malícia, mas sim uma dor antiga e profunda, como um rio subterrâneo corroendo as pedras ao longo de eras.

E então, algo dentro dele cedeu. Ananda sentiu uma transformação — não mais raiva, mas uma curiosidade dolorosa. *"O que poderia fazer o Senhor do Desejo e da Morte se curvar diante da Iluminação?"*

Mara entrou.

O silêncio que se seguiu era tão denso que parecia poder ser cortado com uma faca. Até os pássaros nos galhos próximos cessaram seus cantos, como se o próprio universo prendesse a respiração para ouvir o que viria.

E então, pela primeira vez na história do mundo, Mara sentou-se diante do Buda com certa reverência — não mais como inimigo, agora como um suplicante.

E começou a falar.

E o Buda, atentamente, o ouviu.

No dia seguinte, Ananda e Buda caminhavam por uma vereda em direção a uma vila em um vale próximo, quando Ananda indagou:

— Venerável Mestre, fiquei intrigado com algo que ocorreu ontem. Mara chegou abatido e angustiado... pude perceber... e saiu extremamente alegre com a audiência. O que foi que disse àquela criatura?

— Nada — respondeu Buda com tranquilidade.

— Nada... — repetiu Ananda, surpreso. Mas ele sabia: o "nada" do Buda jamais era alguma coisa inútil, sem valor. E, por isso mesmo, silenciou, mas permanecendo reflexivo.

Sentiu-se inquieto com o próprio sentimento: que "nada" foi aquele tão poderoso, capaz de transformar Mara? Seria... inveja que ele estava tendo de Mara? Teria Mara vislumbrado algo que ele, Ananda, ainda não havia alcançado em todos os anos ao lado de Buda?

Mas logo descartou essa ideia. Mara era como uma criança que saía da caverna para ver o sol pela primeira vez. Ele, Ananda, pelo menos já habitava junto ao sol. Teve essa certeza.

Caminharam um longo trecho em silêncio, ambos mergulhados em contemplação. Buda percebendo, porém, a inquietude silenciosa do discípulo — e sentindo, depois, o surgimento de um regozijo sutil no espírito de Ananda — Buda verbaliza, cerca de uma hora depois:

— Eu apenas o ouvi. E ele... se escutou.

Ananda olhou para o Mestre com assombro benfazejo.

— Cada ser tem seu caminho — prosseguiu o Iluminado, sua voz serena como o fluir de um rio. — Alguns precisam da palavra para se encontrar. A maioria necessita falar. Outros, da quietude da reflexão. E há aqueles que buscam na meditação a chave para o que já lhes pertence... Pois a meditação, em sua essência, não é apenas necessidade — é a arte do despertar. O cinzel que transforma o mármore bruto da mente no diamante eterno do espírito.

E ali, diante da vila adormecida banhada pela luz dourada do crepúsculo, Ananda compreendeu — não por meio de raciocínio, mas como uma verdade que se revela no silêncio da alma: existem jornadas que não partem de lugar nenhum e, mesmo assim, nos conduzem de volta ao lar. Àquele refúgio íntimo onde o ser verdadeiro reside.

Num certo ano, o Iluminado decidiu empreender uma longa viagem para levar seus ensinamentos a terras distantes. No *Shanga*, formou-se uma atmosfera de expectativa silenciosa. Os discípulos, embora acostumados à impermanência das coisas, sentiam a leve inquietação da separação que se aproximava bem como os novos desafios como promessa.

O Mestre ainda permanecia em posição de lótus, os olhos semicerrados, como quem vê muito além das formas visíveis. O céu, ao fundo, já se tingia com tons de âmbar e safira, e os primeiros sons do mundo começavam a acordar devagar, respeitosos diante da presença do Iluminado.

Entre os discípulos reunidos em círculo, Ananda mantinha-se atento — mais que os outros, como sempre. Seus olhos, límpidos e profundos, guardavam a quietude de quem dominara a arte do silêncio interior. Fixava o olhar no Mestre, absorvendo cada linha de seu rosto sereno como quem decifra um sutra sagrado.

Após a meditação do amanhecer — aquela que o Mestre considerava a mais essencial, pois acontecia enquanto o mundo ainda repousava em silêncio, e a luz primeira nascia como promessa renovada de esperança e continuidade da vida —, ele voltou-se com suavidade para Ananda.

— Tenho uma missão para você, Ananda — disse o Mestre com a voz calma, ainda em posição de lótus, fitando o horizonte a leste, além das colinas.

— Pois não, Venerável Mestre — respondeu Ananda com respeito e prontidão.

— Tornar-se-á necessário que você permaneça no *Shanga* durante minha ausência.

Ananda sentiu o coração apertar. Parte dele ansiava por acompanhar o Mestre naquela jornada. Mas outra parte, mais profunda, sabia que toda escolha do Iluminado brotava de uma sabedoria que ultrapassava os desejos pessoais. Com humildade, apenas curvou-se, aceitando silenciosamente a responsabilidade confiada.

Antes de partir, Buda ainda lhe fez uma recomendação especial: que não se ausentasse do *Shanga* em certos dias específicos ainda que a tarefa em questão fosse em função das necessidades do *Shanga* — embora não tenha explicado o motivo, apenas reforçou que era importante.

Passados alguns dias de solidão, com o Mestre ainda em viagem, Ananda refletia sobre a aparente calmaria. Nenhum evento relevante havia ocorrido, mas ele seguia, com dedicação silenciosa, cumprindo fielmente a orientação do Buda. E foi então que, de forma súbita e inesperada, reapareceu Mara — o Senhor da Ilusão e da Morte. Já fazia muitos anos desde sua última visita.

— Você de novo, Mara? — exclamou Ananda, com um traço de irritação espontânea. Seu corpo reagiu com uma leve inquietação, embora sua mente estivesse mais serena do que na última vez, ainda assim disparou: — Será que nunca se cansa de importunar?

Imediatamente, recordou-se dos ensinamentos do Iluminado: compaixão por todas as criaturas, mesmo aquelas tomadas pela ignorância. E, sobretudo, nunca julgar. Respirou fundo, recobrou o centro e corrigiu-se:

— Perdoe-me, Mara, pelas palavras rudes. Não devo julgar. Estou ao seu serviço, se assim for digno. No entanto, preciso adverti-lo: o mestre está ausente, em viagem. Receio que sua visita, hoje, não terá a fortuna de encontrá-lo. Talvez num outro momento... certamente, tenha mais sorte e seja um momento mais auspicioso.

Mara, não sorriu com escárnio. Pareceu apenas desapontado. Mas então seus olhos se fixaram em Ananda com uma intensidade diferente. De fato, pairava uma sombra de dúvida... mas também algo inusitado em seu próprio ser.

— Talvez possa você me ajudar, Ananda — disse Mara, com uma seriedade rara, como se estivesse testando não apenas Ananda, mas a si mesmo.

— Eu...? — Ananda hesitou. — Deve saber que sou apenas um monge em aprendizado. Certamente não lhe serei útil — respondeu com humildade, e acrescentou com franqueza —, posso até lhe prejudicar. Estou longe do *Samadhi*, e nem mesmo fui testado minimamente como foi o Venerável Mestre... — E ali, sua voz falhou. Engoliu seco, pois pensou, com espanto súbito: "Testado por toda sorte de demônios, como foi o próprio Buda... e agora, aqui estou eu, diante de Mara. "O que isso poderia significar?"

Mara deu de ombros, como se os argumentos de Ananda não tivessem peso algum.

— Acredito que você possa me ajudar. E isso basta — retrucou com firmeza.

— Como quiser, então — disse Ananda, enfim, endireitando-se com postura respeitosa.

Mara fitou o chão por um momento, depois voltou-se a Ananda com olhos sombrios e uma voz que parecia atravessar véus invisíveis.

— Tive um sonho terrível — declarou, sem rodeios agora, mas algo ainda hesitante. Ananda notou em seu olhar uma angústia genuína.

— Sim, qual foi? — incentivou o monge, mas sem qualquer curiosidade.

— Sonhei que caminhava por um deserto escuro, numa noite sem lua, sem estrelas... tudo tão silencioso, tão absoluto, que parecia um paraíso. Andei por esse vazio durante um tempo que não sei medir. Era como se o próprio tempo estivesse ausente.

Ananda fez um aceno espontâneo na cabeça, sinalizando que acompanhava a sua fala.

— Vi então um lago escuro, de onde boiavam inúmeras caveiras — prosseguiu Mara, a voz firme mas tomada por algo próximo a um êxtase. — Era uma visão... bela. Uma obra de arte, pensei. Eu vestia um manto de linho negro, tão áspero que era macio ao toque selvagem; vil à primeira vista, mas suntuoso em sua essência. Avancei por uma cadeia de montanhas, e no cume mais elevado, vi um trono feito das pedras mais escuras da Terra — tão negras que, no escuro, brilhavam para revelar o próprio abismo.

Mara fez uma pausa, lembrando do sonho para não perder os detalhes.

— E caminhei, com júbilo e certeza, em direção àquele trono. Jamais me senti tão feliz, tão pleno, como naquele momento. Mas, quanto mais me aproximava, mais ele se afastava. E quanto mais me esforçava, mais distante ele parecia. Até que minha roupa começou a brilhar como um luar que ia crescendo, de um cinza escuro para um esbranquiçado. Uma luz incômoda, como se algo de mim estivesse sendo exposto. Então senti um grande abatimento e corri, em desespero, até uma caverna. Dentro dela, tive um instante de alívio... mas escorreguei. Rolei como uma pedra, precipício abaixo, mergulhando nas profundezas.

Mara olhou os arredores como se precisasse respirar.

— Consegui me firmar e subir por outro caminho. Atravessei sete pontes. Cada uma feita de um metal mais nobre: chumbo, estanho, ferro, bronze, prata... até ouro. Pensei: "agora, sim, estou pronto para o trono escuro." Mas quando cheguei à última ponte, feita de ouro, diante de mim havia um novo precipício. E ali... — fez uma pausa longa — desequilibrei-me de mim mesmo. Caí. Mas não era uma queda comum. Fui elevado. Elevado aos céus, transformado num raio de sol. E isso, Ananda... foi o mais terrível que pude sentir em séculos, ainda que fosse um sonho.

Ananda escutava em silêncio absoluto. Mara continuou:

— Acordei daquele sonho transtornado. E por sete anos vivi dentro de uma caverna nas profundezas da Terra. Somente agora retornei ao mundo inteiramente. Mas aquilo... ainda não saiu da minha mente.

O discípulo do Buda permanecia calado, olhando Mara com olhos não de medo, nem de julgamento — mas de compaixão, embora não de pena. Havia algo ali que ultrapassava as dualidades comuns de bem e mal. E talvez, pensou Ananda, nem mesmo o Senhor da Ilusão estivesse livre da busca por libertação.

Ananda permaneceu em meditação por dias seguidos. Não pronunciou uma só palavra, não fez um só gesto. O silêncio era tão denso que o tempo parecia ter se esquecido daquele lugar.

Mara, por sua vez, permaneceu ali também. Sentado. Atento. Sem piscar um olho. Não moveu um único músculo em todo aquele tempo. Era como se ele mesmo tivesse se tornado parte da rocha, da sombra, da espera.

Então, no nono dia, quando o sol começava a rasgar o horizonte com seus primeiros fios de luz, Ananda abriu os olhos. Sem dizer nada, levantou-se com firmeza e, em um gesto inesperado, virou as costas para Mara. Caminhou até a beira do penhasco do *Shanga* e olhou por sobre o vale, onde o novo dia nascia em silêncio dourado.

— Não se preocupe, Mara — disse ele, com a voz serena, mas penetrante como um sino ao vento. — É apenas a sua sombra. Se você é escuro, sua sombra é luminosa. Nada mais.

As palavras ecoaram por dentro de Ananda com tamanha força que ele mesmo se surpreendeu com a clareza que traziam. Era como se não viessem dele, mas de algo mais profundo, mais antigo.

Ao virar-se para encarar Mara, viu que o Senhor da Ilusão não demonstrava raiva, nem arrogância, tampouco tristeza. Apenas fez um leve gesto com a cabeça e sorriu — um cumprimento breve, talvez um sinal de gratidão, ou de reconhecimento. Ou apenas estava se despedindo.

E então, silenciosamente, simplesmente foi-se embora.

Ananda permaneceu ali, imóvel, contemplativo. Algo dentro dele havia mudado. Mas não sabia o quê.

Foi quando seus olhos recaíram sobre o exato lugar onde Mara estivera. E o que viu ali o fez estremecer levemente: não era mais Mara que ali estava. Era a sua sombra. A sombra de Ananda.

Certa vez, muitos anos haviam se passado desde o despertar do Bem-Aventurado. Era verão, e os ventos suaves atravessavam o vale como se carregassem memórias antigas. O Iluminado e Ananda estavam sentados no beiral do *Shanga*, à sombra das figueiras sagradas, conversando com serenidade sobre as Quatro Nobres Verdades e o Nobre Caminho Óctuplo.

— Quando o sofrimento é compreendido profundamente — dizia o Buda com voz calma —, ele deixa de ser um fardo e torna-se porta de entrada para a sabedoria.

Ananda, atento, absorvia cada palavra com reverência.

Foi então que, silenciosamente como um presságio antigo, Mara surgiu à margem da trilha, aproximando-se com passos lentos do *Shanga*. Seu semblante era tranquilo, mas seus olhos ainda carregavam o véu das ilusões.

Ananda levantou-se com leve inclinação da cabeça, cumprimentando-o com respeito:

— Como tem passado, Mara? Espero que suas condições sejam boas e auspiciosas.

— Nada mal — respondeu Mara, com simplicidade.

O Iluminado apenas inclinou-se levemente em sinal de reconhecimento. Não houve palavra, apenas presença.

— Devo me retirar, Venerável Mestre — disse Ananda, fazendo menção de sair. — Talvez Mara deseje falar com o Mestre em particular.

— Não há necessidade, Ananda — respondeu o próprio Mara, de forma espontânea. — Estamos todos aqui sob o mesmo céu. Nada há a esconder ou temer.

Mara esboçou um leve sorriso, quase melancólico.

— A verdade é que estava próximo e decidi fazer esta visita, pois ouvi vozes reverberar entre as colinas, e as reconheci como valorosas. Não trago desafios, apenas curiosidade. Sobre o que conversavam?

Ananda, com naturalidade, compartilhou os temas que estudavam — o sofrimento, sua origem, a cessação e o caminho para a libertação. — Falou com zelo e humildade, sem qualquer traço de imposição, raiva, mesmo sendo Mara um dos promotores do véu de Maya.

A conversa então evoluiu para os dias que antecederam a iluminação de Siddhartha Gautama. Mara escutou com atenção, e, após um tempo, disse:

— É curioso. Siddharta, antes de se tornar o Buda, já havia deixado para trás um palácio, riquezas, prazeres. Vejo nisso um tipo de privilégio espiritual e caminho de coragem. Já estava inclinado ao desapego. Por isso, mesmo quando o desafiei com minhas mais terríveis ilusões, elas não encontraram solo fértil. Onde outros perecem, ele passou ileso, como se já tivesse vencido antes de começar.

Ananda refletiu por instantes antes de responder:

— Entendo seu ponto, Mara, e de fato pode haver verdade nele. Mas creio que o mérito não está apenas na renúncia em si, mas na jornada que o levou ao equilíbrio. O Mestre conheceu os extremos: o luxo excessivo e o ascetismo severo. E foi ao renunciar ambos que encontrou o Caminho do Meio. Muitos que nada têm não são, por isso, libertos. A ausência de posses não é o mesmo que ausência de apego.

Mara assentiu em silêncio. O diálogo prosseguiu com respeito mútuo, e, embora muitas ideias tenham sido trocadas, nenhuma conclusão definitiva foi alcançada.

Foi então que ambos se voltaram ao Iluminado, que ouvia em silêncio, como quem contempla a dança das folhas sem desejar deter o vento.

— O que pensa, Venerável? — perguntou Ananda.

O Buda permaneceu em silêncio por um breve momento, como se sondasse algo além do visível.

— Ambos estão certos... e também equivocados — disse ele, com suavidade, como quem toca a borda de um lago sem perturbar suas águas. — Tudo depende do ângulo de onde se contempla. O diálogo entre vocês não foi uma disputa, mas a apresentação de olhares distintos sobre a mesma paisagem. Isso é promissor. Isso é essencial para se encontrar um caminho promissor até a verdade.

Fez uma pausa breve, deixando o silêncio respirar entre as palavras, antes de continuar:

— O Caminho e o caminhante não estão separados. Um revela o outro. Não há fórmula fixa, tampouco privilégio. Há prática. Há atenção. Há processo. E há mérito de ante do que já se conquistou, que se traduz num valor — não diante de uma divindade externa, mas diante da sinceridade do próprio coração.

— O que posso oferecer com minha experiência é um eixo — um ponto de equilíbrio. É um instrumento. Mas, como uma balsa usada para cruzar o rio, uma vez atravessado, também ela deve ser deixada para trás. Apegar-se à forma é esquecer a função. Cada ser toca a Verdade a partir de onde está, e o processo se inicia — longo ou breve, não importa. A realização é sempre silenciosamente a mesma.

Buda então os olhou — não com julgamento, mas com uma clareza que parecia atravessar o tempo. Mara baixou os olhos, como diante de um espelho que não se pode evitar. Ananda sentiu um vazio súbito, fértil como a terra antes da chuva.

— Esta lição — disse Buda, por fim — não está nas palavras e nem aqui. E ainda assim, posso dizer algo, ambos a compreenderão. Cada um à sua maneira, pelo próprio caminho em outro tempo, mas interessantemente juntos.

Com um leve sorriso, ele se curvou. Em seguida, afastou-se em silêncio, caminhando na direção dos jardins do *Shanga*, onde a luz dourada da tarde se filtrava entre as folhas — bênçãos sem nome que tocam o mundo sem alarde.

Ananda e Mara ficaram paralisados, comovidos. Inclinaram-se juntos — o discípulo fiel e o Senhor da Ilusão unidos em reverência. No silêncio que se seguiu, ambos sentiram a mesma centelha de entendimento, uma verdade ainda sem nome. Ela ainda viria. Como e quando, não sabiam ao certo. Mas havia uma certeza: o tempo é também um sino — e ele sempre bate na hora exata.

Prólogo

Nas colinas de Rajgir, sob um sol incandescente ao meio-dia. O céu desdobrava-se em um azul tão intenso que parecia tingido de um azul cobalto. Foi nesse cenário de pureza celestial que Surya veio ao mundo, seu nome um tributo ao deus solar hindu, não apenas por nascer sob a luz dourada do astro-rei, mas por ter sua vida entrelaçada com as águas curativas do *Surya Kund*, já que nasceu próximo — fonte termal com propriedades curativas, capazes de purificar até mesmo as doenças mais persistentes da pele, águas lendárias muito antes de Sidarta Gautama, o futuro Buda, caminhar por aquelas terras.

Sua mãe, chamada de Kiara, era uma figura envolta em mistério, teve sua passagem desta vida naquela mesma noite, há meia noite, ou talvez já na madrugada seguinte — não soube ao certo. Do pai, as histórias eram vagas como o vento que soprava entre as colinas: diziam ser um nobre de terras distantes, um guerreiro, um mercador ou até um asceta que renunciara ao mundo. A mãe, porém, guardava seus segredos como um tesouro enterrado, levando consigo para a eternidade a verdade de sua origem.

Quem a assistiu em seus últimos momentos foi a velha Myra —, uma mulher de rugas profundas e olhos que já haviam visto demasiado. Ela contava que, a cada três ou quatro luas, um mensageiro surgia como um fantasma — vestido com andrajos, mas montado em um corcel tão majestoso que parecia saído de um conto real. Ele trazia provisões, sempre em silêncio, deixando um punhado de moedas e um olhar carregado de algo que Myra nunca conseguiu decifrar: era pesar? Era dever? Ou um juramento que o mantinha preso àquela missão solitária? Não sabia de fato.

Quando Surya nasceu, Myra tentou ampará-lo com o pouco que lhe restava de força. Seus dedos, marcados pelo tempo, embalavam o recém-nascido enquanto seu coração, outrora resistente, agora vacilava sob o peso da incerteza. Ela sabia que não poderia sustentá-lo por muito tempo — não sozinha.

Além disso, já se passavam mais de seis luas desde a última visita do mensageiro — um silêncio que quebrava o ritmo sagrado de suas aparições. A própria mãe do menino, nos seus últimos dias, perguntava a Myra, com uma aflição que cortava a alma, se já avistara o vulto do cavaleiro surgindo ao longe, no fundo do vale. "Ele nunca se atrasou tanto", murmurava, os olhos perdidos no horizonte, como se esperasse ver o pó da estrada se erguer sob os cascos do animal.

Myra, embora presa entre o dever e o desespero, no sétimo dia, decidiu então procurar uma família que pudesse criar e educar a criança. Percorreu vilarejos, bateu em portas, implorou a camponeses e artesãos — mas em cada lar, havia uma desculpa. Alguns temiam a maldição de um órfão de origem desconhecida; outros, mais pragmáticos, mal tinham comida para seus próprios filhos. Ninguém quis aceitar o menino batizado pelo sol.

Foi então que a ideia brotou em sua mente como uma flor em terreno árido: um mosteiro. Ali, entre monges e discípulos, Surya teria abrigo, ensino e, quem sabe, um propósito maior. Era um destino digno — talvez até o destino traçado para ele desde o início.

Ao tomar a decisão, Myra sentiu um alívio estranho, como se uma voz invisível sussurrasse que estava no caminho certo. Com o menino envolto em um pano de linho simples, ela seguiu em direção às colinas, onde muito dos mosteiros estavam.

Mas uma dúvida persistia, assombrando lhe os pensamentos: por que o mensageiro não havia retornado? E se, um dia, ele finalmente regressasse, apenas para deparar-se com o rastro gélido de um segredo há muito abandonado? Decidida, ela fez uma promessa a si mesma: permaneceria ali por mais seis luas. Se, até então, o mensageiro não aparecesse, partiria sem olhar para trás, buscando outro lugar.

Rajgir era um lugar de fé e contradições, onde mosteiros budistas, templos jainistas e santuários hinduístas coexistiam, cada um proclamando um caminho diferente para a iluminação. Myra, sem saber a qual divindade a criança pertencia, deixou-o nos degraus do terceiro templo que encontrou — um lugar pequeno, quase escondido entre as árvores, onde os monges cantavam mantras ao nascer do sol.

Antes de partir, Myra seguindo o contorno da colina para pegar o caminho de volta, olhou para trás uma última vez. O vento agitava seus cabelos grisalhos, como se os próprios espíritos daquelas terras ancestrais sussurrassem um adeus em línguas esquecidas. E então, sem pressa, ela já se dissolvia na névoa prateada da manhã, deixando para trás apenas uma pergunta pairando no ar:

"Que destino aguardava a criança batizada pelo sol, filho do brilho e das águas sagradas?"

Foi então que a voz chegou. Grave, mas suave como o murmúrio de um rio oculto nas montanhas, ecoou às suas costas, fazendo com que um arrepio percorresse sua espinha. Era uma entonação que carregava consigo a sabedoria, como se as próprias pedras e árvores de Rajgir tivessem aprendido a falar.

— Namastê, minha senhora — disse o monge, inclinando-se com uma reverência pronunciada. — Perdoe-me por perturbá-la, mas gostaria de saber: a criança deixada aos cuidados de nosso Shanga... é cria de seu ventre ou de outro?

Myra virou-se e o mundo pareceu parar.

Diante dela, sete monges estavam alinhados como se fossem uma só entidade, vestidos em mantos de cores terrosas — ocre, âmbar e verde musgo — se tivessem sido tecidos pela própria terra. Seus rostos, marcados por linhas de serenidade, irradiavam uma paz tão profunda que quase doía.

No centro deles, o mais jovem — um homem de barba rala e sorriso tranquilo — segurava Surya nos braços. O menino estava envolto em panos de um branco imaculado, bordado com fios dourados que cintilavam à luz do amanhecer, como se já o vestissem para um destino maior.

E todos sorriam.

Não com júbilo, mas com uma aceitação calma, como se já soubessem cada palavra que Myra diria a seguir.

Ela respirou fundo, sentindo o peso de suas memórias — mãe morrendo em segredo, o mensageiro fantasma, as portas fechadas, a solidão dela com a criança. Mas quando abriu a boca, sua voz, embora trêmula, fluía com uma clareza que ela mesma não conhecia.

— Ele não é meu sangue — começou, e as palavras se desenrolaram como um pergaminho antigo sendo aberto após séculos. Contou sobre a mãe silenciosa, o cavaleiro misterioso, as seis luas de ausência, as famílias que recusaram um órfão.

Os monges escutavam. Cada pausa, cada suspiro, cada sombra em suas palavras era recebido com um leve aceno, como se estivessem preenchendo lacunas de uma história.

O monge mais velho, cujo rosto parecia esculpido em madeira envelhecida pela eternidade, ergueu a mão direita em um gesto de bênção.

— Você fez bem, filha. A criança será cuidada. — Seus olhos pousaram em Surya, adormecido. — Ele será chamado de muitas coisas... mas seu verdadeiro nome só o tempo revelará.

Enquanto estavam ali, ecoou de um templo hinduísta um suave cântico a Shiva, vindo mais abaixo na colina. "Mahadeva..." Surya, recém-nascido, mexeu os pezinhos e as mãozinhas no ar, como se tentasse alcançar a melodia. Então, sem motivo aparente, soltou uma risadinha breve — um som puro, como o tilintar de um sininho — e seus olhinhos brilhantes percorreram os rostos ao redor, fascinado pelo mundo que mal começara a conhecer.

— Surya Mahadeva... — disse o monge que segurava a criança espontaneamente.

O monge mais velho apenas inclinou a cabeça e sorriu.

— E o mensageiro? — ela perguntou, sua voz quase um sopro. — E se ele voltar?

O monge sorriu, e pela primeira vez, Myra viu nele uma centelha de algo humano — uma pitada de mistério compartilhado.

— Oh, ele voltará. Mas fique tranquila e em paz, senhora. — Seus dedos traçaram um símbolo no ar, uma espiral que parecia irradiar a luz do amanhecer. — Mas quando o fizer, não será mais um mensageiro... e sim um espectro à procura de respostas. Isso não nos pertence, não ferimos o Dhama. O que pretende fazer?

— Aguardar um pouco mais. É estranho, sinto como um dever — disse ela.

— Muito bem, siga-o. Sabe onde nos encontrar — considerou o monge a seguir.

Todos fizeram uma pequena mesura.

E então, sem outra palavra, os monges se viraram e começaram subir ainda mais a colina, levando Surya consigo e direção ao mosteiro.

Myra ficou ali, entre o céu e a terra, entre o passado e o futuro, até que a última silhueta alaranjada desaparecesse no véu da manhã.

Só então permitiu que uma única lágrima escorresse. Chorava por ela mesma.

Como havia prometido a si mesma, Myra — resolveu esperar pelo retorno do misterioso mensageiro. Ficou ali, por mais de quatro meses, na antiga casa da mãe de Surya. Durante todo esse tempo, nada aconteceu. Já começava a pensar em partir, quando, num certo dia, surgiu um homem.

Mas não era o mesmo mensageiro.

Dessa vez, não só vinha montado em um belo cavalo, mas com trajes melhores e o cavalheiro bem mais jovem. Aproximou-se da casa com segurança e perguntou:

— Minha senhora, busco informações sobre uma jovem grávida que recebia um mensageiro. Um homem vestido com andrajos, cavalgando um animal sem qualquer ornamento, vindo de longe.

Myra fitou-o com olhos cansados, mas atentos.

— Sim, meu caro visitante. De fato, havia um homem assim. Ele vinha sempre... mas deixou de aparecer há mais de seis meses. E a moça... — fez uma pausa — a moça faleceu.

O forasteiro suspirou, como se algo lhe tivesse sido arrancado de súbito. Olhou em volta, com o semblante abalado e os ares pesados, a tal ponto que parecia ter envelhecido de repente.

Myra então acrescentou, suavemente:

— Mas o filho dela sobreviveu.

Os olhos do homem se acenderam repentinamente, brilhando com uma esperança contida.

— E onde ele está? — perguntou, sem esconder certa expectativa.

Myra contou-lhe tudo nos meses com a mãe e seu falecimento: que tentara entregar a criança a uma família, sem sucesso. E como, por fim, levara o bebê até um mosteiro budista na colina. Lá, o menino fora acolhido. O nome dele: Surya Mahadeva.

O homem ficou pensativo, absorvendo a notícia. Depois disse:

— O antigo mensageiro foi capturado por bandidos e ferido. Sobreviveu por pouco, mas antes de se recolher, passou todas as informações que havia reunido. A mulher que teve a criança... era muito importante. Pertencia a um reino distante. Eu não posso revelar mais do que isso. Mas ela corria perigo. E, com ela, a futura criança também. Ela veio para essas bandas para não ser perseguida. E tudo estava indo bem... mas... agora...

Myra assentiu em silêncio.

— A senhora guardou bem esse segredo. E agora, poderá descansar — disse o novo mensageiro, fitando a mulher.

Ele entregou-lhe provisões, mantimentos e uma quantia generosa de dinheiro. Myra hesitou.

— Não posso aceitar tudo isso...

— Pode e deve — respondeu ele. — É o mínimo.

Ela aceitou, comovida. Agora, finalmente, poderia seguir seu caminho, livre de preocupações.

O homem, antes de partir, cavalgou até onde podia ver o mosteiro à distância. Observou em silêncio. Havia algo em seu peito que não sossegava.

"Devo levá-lo agora?", pensou.

Seus dedos apertaram as rédeas com força. A ideia de ter finalmente encontrado o menino reacendia um impulso antigo, quase instintivo, de proteção e de dever. Mas havia também o peso das consequências. O reino ainda fervia em rumores, traições e interesses ocultos. Levar a criança de volta agora seria mergulhá-la num poço sem fundo e sombrio.

"Ele seria apenas mais um alvo, frágil, fácil de usar. Aqui... aqui ele é invisível. Aqui ele é livre."

Fechou os olhos por um momento. Respirou fundo.

— Não ainda — sussurrou para si.

Sim, talvez um dia o destino permitisse resgatá-lo, apresentá-lo à verdade, ao sangue que carregava. Mas se esse dia não viesse, se o silêncio se tornasse definitivo... então que vivesse como um monge. Havia honra nisso. Havia paz.

E, talvez, um outro tipo de destino.

Virou o cavalo e partiu, o som dos cascos abafado pelo vento, levando consigo o segredo de um nome que ainda dormia sob o véu daquelas colinas, que um dia o venerável andou.

E então se foi, com a certeza de que, um dia, talvez, o menino conheceria sua verdadeira história, a história de sua ancestralidade. Mas por ora, era preciso silêncio. Era preciso anonimato.

A Pequena Jornada de Surya — A Plena Entrega.

No alto de uma colina coberta por neblina e árvores antigas, havia um mosteiro silencioso onde viviam monges. Entre eles, estava Surya, um menino monge de sete anos, de passos leves e olhar atento. Desde muito pequeno, fora acolhido ali, aprendendo a viver com pouco: uma tigela de madeira e um copo simples que cuidava como se fossem sagrados. Também um japamala, feito de sementes de rudraksha.

Numa manhã clara, os sinos do templo soaram mais cedo que o habitual. Os monges mais velhos iriam descer à cidade para buscar mantimentos e objetos para o mosteiro. Desta vez, convidaram Surya para acompanhá-los.

— Hoje você verá como vive o mundo fora da colina — disse o abade Rinpoche com um brilho sereno nos olhos.

Surya ficou em silêncio, mas seu coração batia mais rápido.

A vila era pequena, mas parecia imensa aos olhos de Surya. As ruas eram de terra batida, com barracas coloridas, cheiros de especiarias, frutas frescas e o burburinho constante de vozes.

Surya caminhava próximo aos monges, segurando sua bolsa de pano com seus poucos objetos. Logo, um grupo de crianças da vila o notou. Uma delas, um menino com cabelos presos por objeto de madeira, o chamou:

— Ei! Você é do mosteiro da colina, né?

— Sim... Sou Surya.

— Quer brincar com a gente? Estamos jogando pedrinhas achatadas do rio!

Surya olhou para os monges, e o mestre Rinpoche acenou positivamente e ainda deu uns tapinhas nas costas e o empurrou de leve em direção as crianças.

— Pode ir, Surya. Observar o mundo também é parte do aprendizado.

Pela primeira vez, Surya correu com outras crianças. Riu alto. Caiu e levantou. Aprendeu a equilibrar pedras sobre o dorso das mãos, como quem descobre o segredo da delicadeza no movimento. Não conhecia o nome de todos os jogos, mas compreendia, com o corpo inteiro, a linguagem da alegria.

Mais tarde, ensinaram-lhe algo que levaria para sempre em sua vida: ensinaram-no a empinar pipa.

Para Surya, aquilo era mais que um brinquedo — era uma revelação. Ao ver o fio esticado e a leveza dançando no ar, reconheceu-se. Sua alma, que tantas vezes escapava do corpo em estados de silêncio ou sonho, parecia agora espelhada naquele papel colorido voando. Sentia-se ligado à terra por um fino cordão de prata — entre a matéria e o céu, entre o agora e o eterno.

Como a pipa, ele também era livre, mas ainda assim enraizado. E ali, entre o vento e o chão, soube algo sem palavras: que viver é esse equilíbrio entre soltar e segurar, entre deixar ir e permanecer.

Mais tarde, andando pelas barracas junto aos monges, Surya sentia como se tivesse entrado em outro universo. Viu colares de madeira, tecidos tingidos com plantas, cestarias, frutas que nunca havia provado.

— Esse é melhor comércio dessa época do ano — disse um senhor de sobrancelha espessa, empurrando um carrinho com sacos de arroz, como se respondesse ao pequeno monge suas inquietações do momento. Foi se afastando e ainda piscou um olho para Surya.

Surya parou diante da maior barraca de todas, com uma loja no fundo, onde uma lamparina a óleo reluzia, com desenhos delicados entalhados em bronze escuro.

— De onde veio isso? — perguntou ele ao comerciante.

— Essa lamparina veio de muito longe, de um porto onde os navios dormem e acordam incessantemente. Do reino do sul, onde o céu nunca fica nublado — disse o comerciante com ânimo.

Surya a observava fascinado, como se a luz daquela chama dissesse coisas que ele não entendia ainda. Ao lado, uma ânfora azul-turquesa o chamou mais atenção ainda. Parecia feita de céu sólido. Com olhos maravilhados, ele murmurou:

— Parece água parada... calma e profunda.

— Essa ânfora é obra de mestres de cerâmica do povo além do deserto — disse o vendedor com satisfação de quem tem algo raro em mãos. — Carrega vinho nas festas dos mais abastados. Mas você parece vê-la de outro modo. Se quiser, pode vê-la mais de perto.

O comerciante fez um aceno para Surya, mas antes olhou em volta para ver se havia algum cliente. — Vamos lá! Não tem ninguém na loja.

Surya tocou com a ponta dos dedos a superfície lisa do objeto. Seus olhos, atentos, refletiam a luz suave que ali se detinha. Então disse, com a serenidade dos que estão acostumados ao silêncio:

— No mosteiro, temos silêncio. Aqui... há uma beleza que fala alto.

O homem ao seu lado ficou em silêncio por um momento, refletindo. Depois respondeu, com um sorriso nos olhos:

— Talvez por isso você consiga ouvi-la.

Surya o olhou com mais atenção.

Havia naquele homem algo que desafiava todas as suas expectativas — não a rigidez de um monge, nem a austeridade de um asceta, mas uma quietude natural, como a de uma montanha que simplesmente é, sem esforço, sem pretensão.

E no entanto...

Nos olhos dele, uma centelha.

Não o fogo bruto da paixão ou da ambição, mas algo mais raro — o reflexo de uma chama que não se apaga, como se cada coisa que ele olhasse fosse vista pela primeira e última vez, com a intensidade de quem sabe que a vida é tanto eterna quanto passageira.

Era como um lago profundo que conhece o brilho do sol e, ainda assim, nunca está completamente imóvel — suas águas sempre se ajustando, sempre respondendo, ondulando com um ritmo que só os antigos rios compreendem.

Aqueles olhos guardavam histórias e respirava o brilho de muitas vidas.

Histórias que Surya não sabia ler necessariamente, mas que sentia como um formigamento na pele, como o cheio da chuva chegando antes da tempestade.

E então, pela primeira vez em sua vida, Surya percebeu que existia um tipo de vida que ele não conhecia — nem a vida agitada dos mercados, nem a disciplina silenciosa do mosteiro, mas algo que fluía entre os dois, como um rio que não escolhe entre a nascente e o mar, porque é ambos ao mesmo tempo.

O homem sorriu, como se soubesse exatamente o que se passava na mente de Surya.

— Você sente, não é? — ele disse, sua voz tão calma quanto o bater de asas de uma borboleta ao pousar.

Surya não respondeu. Não precisava.

— Pois bem, pequeno monge — continuou o homem, com voz gentil —, devo lhe dizer que nem todos têm essa capacidade de perceber a beleza nas coisas criadas por mãos humanas, principalmente dos verdadeiros artistas.

— Desculpe, meu senhor... o que são artistas? — perguntou Surya, com genuína curiosidade. Nunca ouvira falar daquela classe de gente.

O comerciante ficou em silêncio por um instante, como se buscasse as palavras certas em meio a tantas possibilidades. Por fim, respondeu:

— São aqueles que pegam os materiais brutos do mundo — pedra, madeira, metal, couro, tinta — e os transformam em algo que revela beleza... ou verdade. Nem sempre riqueza, pois há coisas valiosas que não são belas, e coisas belas que não enriquecem o bolso, mas sim a alma.

Surya franziu o cenho, tentando entender, embora os olhos brilhassem. O homem sorriu e continuou:

— O que eles criam vai além do que os olhos veem. É o que a gente sente aqui — apertou o peito — como no teatro, quando uma história fingida parece mais real que a vida. Os artistas são como espelhos... mas não dos rostos, e sim dos gestos escondidos, daquilo que move os homens por dentro.

— E o senhor é um deles? — indagou Surya, pois talvez ele fosse aquilo que sentira do homem ali.

O homem riu, um riso claro, sem peso.

— Não... Sou apenas um comerciante, pequeno monge. Mas um que aprendeu a ver, por vezes, algo que vai além do material com que as coisas são feitas, como e com que intensidade são feitas. Às vezes, a beleza está ali, esperando por olhos que saibam reconhecê-la. Algo que enriqueça a alma é claro, embora possa também enriquecer os bolsos de um homem. Não importa.

— Ah... entendi.

— Meu nome é Kabir. E o seu?

— Surya.

— Muito bem, pequeno monge Surya. Sempre que vier à vila, passe por aqui. Tenho algumas relíquias que talvez despertem sua atenção. A beleza não está apenas nas montanhas e nos sutras. Às vezes, ela se esconde em um pequeno objeto, ou no gesto de alguém que o oferece — disse o comerciante com disposição.

Antes de se despedirem, Kabir abriu uma pequena caixa de madeira envelhecida. De dentro, retirou uma esfera de cristal iridescente, do tamanho de um limão. A luz brincava em suas facetas como água sob o sol.

— Para você. Um presente. Não por seu valor, mas por aquilo que talvez um dia te revele. Ou... para ver o que já existe dentro de você — o velho mercador sorriu.

Surya recebeu o presente com as duas mãos, em silêncio, como se segurasse algo mais do que de cristal. Curvou-se levemente em gratidão, e partiu, com a esfera escondida no tecido do manto e uma nova pergunta no coração.

No fim da tarde, antes de retornarem, os monges levaram Surya até uma colina menor, de onde se via o palácio do governante. Era grandioso, com colunas talhadas, jardins geométricos e flamulas que dançavam com o vento.

— Quem mora ali? — perguntou Surya.

— O governador. Ele cuida, governa e protege esta vila e várias outras. E às vezes, cuida de si mesmo demais — respondeu o mestre com um sorriso calmo.

Surya ficou ali por um tempo, observando e refletindo o contraste entre a simplicidade do mosteiro e a riqueza de parte da cidade. A diversidade da vida o deixava sem palavras, mas cheio de pensamentos.

Ao retornar, Surya lavou sua tigela e copo de madeira com atenção redobrada, como se cada movimento purificasse não apenas os objetos, mas também a memória do que vira além dos muros do mosteiro. Sua bolsa de pano, que carregava dentro dos bolsos do manto, ainda semiaberta no canto do quarto, deixava entrever um brilho tímido — a bola de cristal que ganhara de presente do velho mercador no vilarejo ao pé da montanha.

"Para ver o que já existe dentro de você", dissera o homem, com um sorriso que parecia conhecer demais.

Naquela noite, deitado em sua cama, Surya sentiu que carregava dentro de si muito mais do que quando partira. As palavras do comerciante ecoavam, misturando-se ao peso suave da bola de cristal agora guardada sob seu travesseiro — um objeto que não refletia o futuro, mas sim o presente mais profundo, como um lago mostrando o céu que já está lá.

Antes de dormir, ergueu a bola por um instante contra a luz da lua. As imperfeições no cristal criavam padrões que se moviam como sombras de nuvens sobre a terra. E então, ao adormecer, seus sonhos foram invadidos por imagens que pareciam saídas da própria bola:

A ânfora azul de seus pensamentos agora flutuava sobre um oceano noturno, sua cor vibrante dialogando com as estrelas;

O rosto de um mensageiro desaparecido surgia e se dissolvia na névoa, seus olhos tão vívidos quanto os reflexos no cristal, que ele não tinha a menor ideia do que era;

O monge de olhos profundos aparecia segurando uma tigela idêntica à de Surya, mas feita inteira de luz.

Ao amanhecer, enquanto a luz dourada atravessava as frestas de sua cela e desenhava formas suaves nas paredes de barro, Surya não se moveu de imediato. Apenas contemplou.

A esfera de cristal repousava ao seu lado, captando a luz como um pequeno sol contido. E nesse reflexo vivo, ele reconheceu algo que não podia nomear — como se, por um breve instante, toda a existência respirasse junto com ele.

Então, com a reverência de quem compreende o valor do instante, disse em voz baixa, não à luz, mas ao que nela havia de eterno:

— O momento quando real ou verdadeiro é ponte para todos os mundos... — disse Surya, com a voz suave como um sopro. — E esse momento é feito da plena entrega.

As palavras pairaram no ar como incenso invisível, se dissolvendo lentamente no silêncio da cela. Não havia ali nada além do chão batido, da tigela vazia, da luz dourada filtrada pela manhã — e, ainda assim, havia tudo.

O presente, quando plenamente habitado, era como a esfera que Kabir lhe dera: aparentemente simples, mas, ao tocar a luz, revelava cores que a vista comum não capta. E, naquele dia, lavou sua tigela de modo diferente. Não para limpá-la, mas para acolher o vazio. Porque só o vazio pode conter o tudo.

Despedidas e Recomeços — O Pleno Agradecimento.

Surya passou a frequentar a vila regularmente, ao menos uma vez por mês. Suas visitas sempre incluíam longas conversas com o comerciante Kabir, um homem de olhos profundos, marcados por décadas de negócios e estradas poeirentas. Sobrancelhas grossas emolduravam seu olhar perspicaz, e, apesar da rigidez que o mercado exigia, nutria um afeto especial pelo jovem monge.

Kabir via em Surya algo raro: uma curiosidade que ainda brilhava, intacta, como uma chama resistente ao vento — algo que muitos perdiam ao crescer. Além disso, admirava nele um senso apurado para a beleza e o refinamento das mercadorias, um talento que nem mesmo seus próprios filhos possuíam.

Numa dessas tardes, enquanto o sol se punha tingindo o céu de dourado, Kabir estendeu a Surya um pequeno embrulho de pano cru.

— Para iluminar teus caminhos, pequeno monge, — disse, os cantos dos lábios erguendo-se em uma expressão raramente vista.

Dentro do embrulho, uma lamparina a óleo, simples mas bem trabalhada, com ranhuras que lembravam as pétalas de uma flor desabrochando, era o lótus. O metal muito dourado e polido, guardava um brilho discreto, mas seu formato diferente parecia carregar histórias de outros povos.

Surya segurou-a com reverência, sentindo o peso não apenas do objeto, mas da intenção por trás dele. Aquele não era apenas um presente, mas um símbolo: a luz que Kabir lhe confiava, assim como confiara nele seu conhecimento e sua confiança.

Com um leve aceno de cabeça, Surya sorriu, sabendo que, dali em diante, aquela lamparina não apenas iluminaria suas noites, mas também guardaria a memória daquele gesto — um laço entre o monge de uma clausura e um velho comerciante, forjado em silêncios e luzes do mundo.

Quando Surya estava com quase dez anos, em uma tarde em que o sol dourava as mercadorias dispostas no balcão de teca, Kabir anunciou:

— Partirei em breve, pequeno Surya. Os negócios aqui já não são o que eram... — Seus dedos, calejados, acariciaram um tecido bordado que nunca venderia naquela vila simples. — Meu filho mais velho vai se casar além das montanhas, e é tempo de estes olhos conhecerem novos mercados.

Surya sentiu um nó se formar na garganta. Kabir fora mais que um professor: ensinara-lhe a entender os contratos nas entrelinhas, a reconhecer um cavalo de bom pedigree pelos cascos, a distinguir um elefante de guerra de um domesticado apenas pelo balanço das orelhas. Coisas que no monastério nunca chegaria a seu conhecimento. Não sabia porque, mas gostava daquilo que ouvia e aprendia.

— Lembra-se do que te disse sobre cavalos e elefantes? — Kabir sorriu, como se lesse seus pensamentos, mas na verdade apenas seguia seu coração. — O cavalo corre em linha reta, impaciente, como a mente humana antes da meditação. Já o elefante... ah, o elefante avança com peso e certeza, como a sabedoria que vem com a paciência.

— Lembro-me disso, senhor Kabir. Comentei com meu mestre Rinpoche, e ele disse que era uma imagem perfeita... embora tenha acrescentado que o mais importante é manter o equilíbrio entre as duas forças — como ensina o caminho do meio do Iluminado.

— Sim... sim, tem todo sentido — considerou Kabir.

E então, numa pausa carregada de algo mais profundo que o comércio, Kabir pareceu lembrar-se de algo antigo. Voltou-se para Surya e acrescentou, como quem retoma um fio esquecido:

— São como as duas asas do mesmo pássaro, Surya. A pressa e a calma. O samsara e o nirvana.

O jovem monge arregalou os olhos. Era a primeira vez que Kabir mencionava conceitos budistas com tanta naturalidade e de forma direta — como se falasse de grãos ou especiarias.

Antes que Surya pudesse responder, o mercador se virou, mergulhando as mãos em um baú de cedro atrás do balcão. De lá, retirou um objeto que fez o coração do menino bater mais forte: um japamala de contas de sândalo, já desgastadas pelo uso, com um pingente de esmeralda esculpido.

— Pertenceu ao meu irmão mais novo — disse Kabir, com a voz mais suave. — Um monge nos mosteiros do Himalaia. Reencontrei estas contas há poucas luas, numa caixa que julgava perdida... Ele partiu há muitos invernos. Tinha 28 anos. Mas seu mantra ainda ecoa aqui.

Estendeu o japamala a Surya, que o recebeu com ambas as mãos repetindo o gesto, quando recebeu a esfera de cristal, mas ali como se segurasse algo vivo.

— Leve isto. Um japamala não serve apenas para contar mantras, pequeno Surya. Cada conta é um passo no caminho, como as pegadas dos elefantes, mas a disposição do cavalo.

O presente pesava mais do que seu tamanho sugeria. Surya examinou as 108 contas, percebendo marcas quase invisíveis onde os dedos do monge as haviam tocado milhares de vezes.

— Senhor Kabir... — começou ele, mas o comerciante o interrompeu com um gesto calmo.

— Não há despedidas para quem carrega o *Dharma*, pequeno Surya. Apenas... mercados diferentes.

E naquele instante, enquanto o sol poente tingia o japamala com tons de mel e sangue, Surya entendeu que ganhara mais do que um presente.

Ganhara um elo — entre o passado do monge desconhecido, o presente de Kabir e seu próprio futuro, que agora se desdobraria contando não apenas cavalos e elefantes, mas também as contas silenciosas de algo antigo.

Ao retornar à sua cela no mosteiro, Surya sentiu um turbilhão que não conseguia nomear. O silêncio habitual do pequeno espaço agora parecia carregado de perguntas não formuladas. Sentou-se sobre seu tatame de palha. Diante de si, os três presentes de Kabir estavam dispostos como oferendas em um altar improvisado:

A esfera de cristal, que capturava a luz do crepúsculo em fractais dançantes.

A lamparina a óleo, cuja chama tremeluzente pintava sombras móveis nas paredes de barro, afastando a escuridão.

O japamala de sândalo, cujas 108 contas guardavam o ritmo respiratório de um monge desconhecido.

Fechou os olhos e deixou que as memórias de Kabir fluíssem:

O mercador ensinando como negociar com criadores de cavalos, mas sempre enfatizando:

— Observe primeiro como tratam os animais, Surya. Quem é cruel no estábulo é desonesto no comércio.

As histórias sobre elefantes que carregavam estátuas de Buda pelas florestas, enquanto Kabir limpava a poeira das bugigangas com um pano.

— Veja, menino — até o maior dos animais se curva ao sagrado.

O dia seguinte em que lhe dera a lamparina, e ele agradecera a Kabir novamente.

O velho comerciante, ocupado a desenrolar um fardo de especiarias, parou por um instante ao ouvir as palavras de gratidão. Seus olhos, tão experientes quanto as estradas que percorrera, fitaram Surya com uma expressão que mesclava sabedoria e uma pitada de ironia.

— "O óleo acaba", disse Kabir, erguendo um dedo enrugado, "o pavio queima." Sua voz era áspera como a casca do sândalo, mas carregava uma doçura oculta. "Mas e a luz que ela te lembrará? Essa é tua para sempre.

O velho comerciante voltou a seu trabalho, esfregando os dedos impregnados de açafrão contra um pano. O silêncio que se seguiu não era vazio — estava cheio do não dito, da compreensão que flui entre aqueles que realmente se escutam.

Uma contradição o assombrava: Kabir sempre falara de coisas terrenas — preços, rotas comerciais, o trato com os animais — mas cada lição parecia conter camadas ocultas, como um baú lacrado que só agora, em sua ausência, Surya começava a abrir.

Meditou por três horas.

O sino de outro mosteiro soou três vezes ao longe.

E então, como a primeira gota de chuva após longa estiagem, a compreensão chegou:

Tudo aquilo — os presentes, as lições — girava em torno do mesmo eixo silencioso: o passar do tempo.

A esfera de cristal lhe mostrara que o presente é infinitamente frágil e precioso — como o reflexo do sol numa bolha de orvalho.

A lamparina ensinara sobre a persistência momentânea da luz em meio à impermanência — cada chama única, mas todas fazem parte do mesmo fogo. Representava o futuro. Sempre haverá uma nova chama.

O japamala, agora entre seus dedos, materializava a passagem do tempo em contas palpáveis — cada uma um instante perdido e, ao mesmo tempo, um passo rumo à libertação. Representava o passado.

E num êxtase silencioso, Surya compreendeu o agradecimento perfeito.

Não era apenas gratidão pelo que fora dado, mas pela revelação do dom contido na transitoriedade da vida — a capacidade de permanecer inteiro diante do que parte e do que recomeça. Tudo se transforma, mas algo essencial permanece, como na esfera de Kabir: quando a luz incide nela, novas cores surgem, mais luzes se revelam. Kabir partira, mas foi justamente essa partida que lhe ensinou a enxergar o fio dourado que entrelaça todas as coisas que passam.

Seus olhos encheram-se de lágrimas não de tristeza, mas de reconhecimento.

Com movimentos deliberados, colocou o japamala ao pescoço, acendeu a lamparina com um fio de palha, e posicionou a esfera de cristal onde a primeira luz da manhã a encontraria.

Assim, num único gesto, honrava:

O passado (o irmão monge de Kabir)

O presente (sua própria jornada)

O futuro (a luz que ainda viria)

E quando finalmente se deitou, o coração leve como o voo de uma garça sobre as águas do Ganges, soube que aquela noite marcava não uma despedida, mas uma transformação e novo ciclo que ia ser tecido.

O Coração da Chama — O Mestre do Destino

Surya, com quase quinze anos, já era responsável por grande parte das tarefas administrativas do mosteiro. Nos últimos anos, o número de internos e acólitos havia crescido consideravelmente, e os monges logo perceberam sua notável habilidade com os assuntos práticos do cotidiano monástico — especialmente sua facilidade com números e contas. Tornou-se, assim, o braço direito do administrador.

Certo dia, foi convocado para uma viagem a um mosteiro pertencente à mesma agremiação, mas localizado em uma cidade distante — não apenas uma vila, como costumava ser, mas uma verdadeira cidade, viva e movimentada.

Surya ficou impressionado com a multidão, o fluxo incessante de pessoas e o burburinho constante do comércio. Contudo, sua curiosidade natural o impeliu a explorar tudo aquilo, a observar e aprender os diversos ofícios que encontrava pelo caminho. O mosteiro da cidade, por sua vez, exigia dele menos obrigações do que seu mosteiro de origem, o que lhe deu mais liberdade para explorar.

Em um desses dias, decidiu vagar pelas ruas até o centro do mercado. Ali, encontrou uma trupe de teatro itinerante de bonecos.

Assistiu a alguns de seus espetáculos — alguns cômicos, outros que lhe pareceram até obscenos. Mas houve uma peça, em especial, que o cativou: narrava a história de um tirano que havia usurpado o trono do seu irmão, em duas partes. A simplicidade dos bonecos contrastava com a intensidade da narrativa, e Surya, atento, sentiu que havia mais naquela fábula do que simples entretenimento.

A Fábula do Rei e o Quebrador de Ossos

A história era contada na peça de bonecos, mas carregava o peso simbólico de uma revelação.

Um rei, derrotado e deposto, era conduzido por soldados até o lugar de sua execução. Seu semblante era sombrio; os ombros curvados, como se o peso de inúmeras existências recaísse sobre suas costas. O povo se aglomerava com ânsia, esperando o espetáculo da queda e da morte. Em um lugar de honra, o usurpador — agora autoproclamado novo rei — assistia com sua corte, julgando que aquele momento selaria o início glorioso de seu reinado.

Antes da execução, o tirano ordenou, em um ato cruel de escárnio, que o mais indigno dos homens da sociedade — um quebrador de ossos, responsável pelos enterros dos mortos — fosse o único a abençoar o antigo rei. Naquela cultura, isso equivalia a ser tocado pela impureza derradeira. No entanto, o quebrador de ossos, com olhos calmos como os de um lago no outono, se aproximou do rei e lhe disse:

— Senhor, sei que nunca olhou para mim antes. Mas hoje, se me permitir, olhe nos meus olhos. Não sou eu quem fala agora, mas o Mestre do Destino — aquele que habita em mim e em todos. Ele é o seu verdadeiro guia, mais antigo que qualquer trono. Pergunte a Ele como deve dar seus últimos passos, pois as histórias verdadeiras não são escritas apenas por mãos humanas. Talvez não se lembre de mim, seu súdito mais humilde, majestade, mas houve um dia — eu ainda era só uma criança, e o senhor, um jovem príncipe à espera da coroa — em que disse algo ao meu pai. Ele reclamava do ofício, naquele dia em que visitou nossa oficina, conhecendo todo o reino, como era o costume. E o senhor lhe falou: "Aprenda a ouvir o Mestre do Destino, e sua vida será mais digna e cheia de sentido." Meu pai ouviu. E foi um homem em paz até o fim de seus dias — de uma paz tão profunda que nem mesmo a felicidade podia competir. Sigo os mesmos passos. O Destino — ou talvez os deuses — me escolheram para está aqui. Mas estas palavras não vieram de mim. Vieram desse Eu Maior — disse o homem, com grande compaixão e serenidade.

O rei, surpreso pela compaixão e profundidade, vinda de alguém que a sociedade rejeitava, encarou-o profundamente. Naquele olhar, viu não um servo, mas um espelho. E nesse reflexo, encontrou algo que havia esquecido: a voz interior que muitos chamam de Eu Superior, o Buda interior — o verdadeiro rei do Dharma.

Silenciosamente, abruptamente algo despertou nele, a chama da alma. Endireitou a postura, os olhos agora serenos. Começou a andar, e os soldados — três de cada lado — notaram que algo mudara. Não era mais um homem derrotado que caminhava, mas alguém que parecia que ia ser entronado, aceitando o fluxo da impermanência.

Ao chegar ao cadafalso da execução, teve o direito, como era o costume, de proferir suas últimas palavras. Todos aguardavam súplica ou lágrimas, que era o mais comum nesses momentos. Mas o rei deposto falou:

— Hoje, aprendi minha maior lição — ou talvez apenas a tenha reaprendido, como uma voz antiga que ecoa do passado. Porque, sim, esquecemos com facilidade as coisas boas, enlaçadas na verdade. Já as ruins... essas vêm com a força de uma manada de elefantes. Compreendi que existe um Reino dentro de cada um de nós. Um Reino que não pode ser tomado à força, pois não é feito de pedras, mas de presença. E nesse Reino habita um Rei: silencioso, compassivo, eterno. Eu o chamo de Mestre do Destino. Caí na indolência da personalidade e deixei de escutar essa voz divina. Errei. Mas estou velho o suficiente para não repetir esse erro. Velho o suficiente valorizar o momento. Minhas condições atuais me libertaram de tudo, até do rei que era. Já estou morto na verdade. A boa morte. Entregando-me por completo a esse sentido, pois somente agora estou plenamente vivo — disse o rei, sorrindo, enquanto olhava ao redor.

Então fez uma reverência maior ao quebrador de ossos.

— Foi ele, um homem simples, quem me guiou a esse despertar. E, de certo modo, agradeço também ao tirano que está assente naquele palanque vazio da ignorância, por que não? Pois sem a dor desta situação, talvez jamais tivesse encontrado o caminho de volta. O valor é justo... pago com alegria, embora me entristeça pelo povo, pois não merecia esse destino. Fiz o melhor, embora cego sobre certos aspectos, ou talvez tenha sido cego demais. Não há culpa, até porque não sou o reino sozinho.

Virou-se então para o povo:

— Perguntem a si mesmos: quem governa vossas vidas? O ego — esse tirano que se alimenta de medo e ilusões — ou o Mestre silencioso, que tudo observa em paz? Hoje, aceito minha sentença feita da ilusão de um outro. E tudo está bem. Não renunciei ao trono do mundo, isso foi me imposto, mas o coloco a serviço do Mestre do meu destino.

Fez uma pausa e olhou para o tirano em seu palanque luxuoso. Mas logo voltou seu olhar para o povo.

— E se a morte for o próximo passo no caminho do Dharma, que assim seja. Por isso, se cada um de vocês é um Reino que estive e estou a frente, saibam: eu sou o primeiro e o maior servo desse Reino. Mas, se forem obrigados a servir ao tirano... ainda assim, desejo que encontrem a paz. Nesse instante, o carrasco, com olhos marejados, abaixou sua lâmina e disse:

— Meu Mestre do Destino diz que isso é injusto. Não participo de tal coisa, pelo contrário, defendo o rei legítimo com minha vida a partir de agora — gritou com voz terrível.

Um a um, os seis soldados deixaram cair suas lanças ao chão e desembainharam seus sabres.

O povo, tocado no mais profundo da alma, rompeu o silêncio. Não foram lágrimas de dor que correram, mas de reconhecimento — choraram não apenas pela injustiça sofrida pelo rei, mas pelo véu que se rasgara diante de seus próprios olhos. O verdadeiro tirano não era um homem, mas o sono que os mantinha prisioneiros de si mesmos, intoxicados pelo veneno de suas próprias ilusões.

E então, como um raio cortando a noite, gritos de revolta ergueram-se. Não mais contra um opressor externo, mas contra as correntes que eles mesmos haviam forjado. O suposto tirano, agora nu em sua impotência, fugiu — não das espadas do povo, mas do peso daquela verdade incandescente que o expusera.

A multidão, unida por uma força recém-descoberta, conduziu o rei de volta ao trono. Mas ele, em vez de subir os degraus de púrpura, permaneceu entre eles. Seus olhos, agora livres da antiga cegueira, percorreram cada rosto como quem reconhece irmãos há muito perdidos.

— Este reino nunca foi meu", declarou, sua voz ecoando como um sino no vale. "Ele vive em cada um de vós. E que assim permaneça, de hoje até o último dos dias.

Uma onda de murmúrios percorreu a assembleia. O rei inclinou-se então para o homem mais simples dentre eles.

— Foi este homem, que nunca leu livros de leis nem vestiu sedas, quem me mostrou o único reino que importa: aquele que os olhos não veem, mas que arde no peito de todo ser que anseia por liberdade. Por isso, ele será meu primeiro-ministro — para que jamais esqueçamos que o poder verdadeiro não coroa cabeças, mas ilumina consciências.

E naquele instante, o trono deixou de ser um lugar para se tornar um símbolo vivo — lembrança perene de que nenhum homem é dono de outro, mas que todos são guardiões da mesma chama.

E então, todos os presentes se curvaram profundamente diante do rei — não em reverência ao poder, mas à verdade que, enfim, havia despertado.

Surya permaneceu em êxtase diante daquela representação, como se cada gesto dos atores e seus bonecos desvendasse camadas ocultas de sua própria existência. Eram artistas, sim, mas através deles algo maior se manifestava – agora compreendia profundamente o que Kabir lhe dissera sobre o poder transformador da arte, capaz de revelar verdades que os discursos não alcançam.

Ao final, movido por uma gratidão que transcendia a razão, esvaziou os bolsos diante da trupe – moedas, provisões, tudo ofereceu, exceto sua humilde tigela, o copo, únicos bens que eram de sua vida cotidiana.

De volta à cela no mosteiro, o silêncio da noite parecia ecoar com as vozes da peça. A lua, filtrada pela janela estreita, desenhava sombras movediças no chão de terra batida enquanto ele refletia:

"Aqueles atores não representavam personagens... encarnavam verdades eternas."

E então, como uma revelação que já habitava seu coração e apenas esperava o momento de ser reconhecida, a conclusão chegou com clareza solar:

Ele estava pronto.

Pronto para servir ao Mestre do Destino não com os sobressaltos da dúvida, mas com o coração aberto como um lago sob o céu da manhã; não nos momentos fáceis, mas em cada respiração, cada passo, cada instante que o Dharma lhe concedesse.

Embora soubesse, no íntimo, que mesmo como monge — mesmo após anos de meditação e estudo — o acesso àquela Presença seria como tentar segurar a lua refletida na água: sempre presente, mas nunca completamente apreensível. Ainda assim, faria de cada dia uma oferenda de atenção, de cada noite uma vigília de escuta, na certeza de que o próprio esforço já era parte da graça.

Pois compreendera agora que a distância entre ele e o Divino não era para ser transposta, mas sim caminhada — com paciência de rio esculpindo montanhas, com fé de semente sob a terra escura.

Ajoelhou-se no chão frio, as mãos unidas sobre os joelhos, e fez um voto silencioso:

"Que cada passo, cada respiração, cada ato – por mais simples que seja – seja uma oferenda a essa Presença que tudo governa. Que eu seja instrumento dócil em Tuas mãos, seja como artista, monge ou servo anônimo do mundo."

Ao se deitar, percebeu algo curioso: mesmo tendo doado quase tudo, nunca se sentira tão pleno. A tigela vazia ao seu lado brilhava à luz da lua como um cálice sagrado — pronta para receber, no momento certo, exatamente o que fosse necessário.

O Espetáculos das Fraquezas e Nobrezas Humanas — A Plena Justeza

No segundo ato, uma multidão ainda maior se aglomerava na praça. A fama da peça havia corrido por léguas — todos queriam testemunhar com os próprios olhos o desfecho daquela história que já não era apenas uma encenação, mas um espelho vivo do povo. Era o segundo ato, e nos bastidores percebia-se uma vibração diferente: a trupe parecia mais leve, mais alegre. Anunciaram que haveria uma reapresentação em breve, o que empolgou ainda mais os presentes. Mas Surya partiria no dia seguinte.

Quando os artistas subiram ao palco e a peça começou, um silêncio reverente tomou conta do local. Era como se o povo já soubesse que testemunharia algo inesquecível. Representavam agora os momentos do rei com seus novos ministros, as primeiras decisões do novo governo e o nascimento simbólico do Reino que ele chamava de Reinado da Verdadeira Paz e Prosperidade.

O ponto alto foi a cena em que o antigo quebrador de ossos, agora Primeiro-Ministro, conversava com o rei no pátio do palácio. O céu estava límpido, e a luz suave do entardecer tocava as colunas de mármore, como se o próprio tempo ouvisse atentamente.

O rei, com semblante sereno e olhar curioso, disse:

— E você, meu caro primeiro ministro e conselheiro... o que pensa sobre a justiça?

O primeiro-ministro, homem de caminhos longos, duros e palavras sinceras, hesitou um instante antes de responder:

— Majestade... com todo respeito, posso ser realmente sincero?

O rei sorriu tranquilamente.

— Por favor. É justamente essa sua sinceridade que desejo ouvir todos os dias, até o fim dos meus dias.

O primeiro-ministro inclinou levemente a cabeça.

— Agradeço, Majestade. Mas temo parecer rude... ainda não me acostumei com os modos palacianos.

Uma gargalhada franca ecoou pelo local.

— E quem estava aqui antes de você? — Executva uma reverência tão perfeita que parecia dançar. — Esse sim, dominava todas as formalidades... enquanto me apunhalava pelas costas. — Seu tom era leve, quase divertido. — Não se preocupe com etiquetas agora. Elas virão com o tempo. Fale.

O primeiro-ministro respirou fundo, seus olhos se perderam no horizonte.

— Pois bem, Majestade. Para mim, a verdadeira justiça se apoia em três pilares: vergonha na cara, senso de justiça... e justiça que ensina. — Uma pausa calculada. — Sem isso, Majestade, a justiça não passa de vingança bem vestida.

O rei ficou em silêncio por alguns instantes. Algo naquela simplicidade dizia mais que tratados inteiro que já tinha lido. Aquelas palavras ecoaram em sua mente e repousarão no coração como uma semente de uma grande árvore — especialmente porque, em breve, teria de julgar o antigo tirano... seu meio-irmão, aquele que usurpara o trono e quase lhe tirara a vida.

O julgamento chegou.

A praça estava tomada por uma multidão. Homens, mulheres, anciãos e até crianças se amontoavam nas varandas, janelas e escadarias. Havia uma vibração no ar, algo entre o fervor e o desejo de reparação.

O povo clamava por justiça.

Mas o que se ouvia, com quase uma só voz, era algo mais cru: clamavam por vingança.

— Morte ao tirano! — bradavam.

— *Que pague com sangue!* — *gritavam outros, olhos marejados de dor e rancor.*

Era como se a dor coletiva — *por anos abafada, ignorada, oprimida* — *agora se encarnasse naquele coro ensurdecedor.*

Ali, de pé diante do povo e do trono, o tirano, agora apenas um homem, olhava em volta com uma arrogância que começava a ceder. Seus olhos não encontravam refúgio.

No alto da escadaria, o rei se manteve em silêncio por longos segundos, observando cada rosto, cada lágrima, cada punho cerrado. E então, elevando a mão com calma, pediu silêncio.

A multidão foi se acalmando, primeiro em murmúrios, depois em silêncio reverente. O rei olhou novamente para o povo, respirou fundo, e então falou:

— *Meus fiéis súditos... entendo vossa dor. Eu mesmo quase fui morto por este homem. Mas se vamos construir um novo Reino* — *um Reino de verdade* —*, ele não pode nascer da raiva ou por uma vingança pura. Isso não. Eu mesmo fui negligente em primeiro lugar comigo mesmo, mas também com vós, meus súditos tão excelentes. E vós com vós com vós mesmos, nos lembremos disso. E que com o ardor do dever e da verdade, resgatou a si mesmos, e por consequência, a mim. Penso hoje, que não havia outro caminho.*

O povo parou magnetizado por aquelas palavras e o rei continuou:

— A justiça precisa de mais que um castigo. Ela precisa ensinar. E como disse meu primeiro-ministro, precisamos de vergonha na cara e senso de justiça. Não justiça que serve ao ego ferido... mas justiça que serve à verdade.

Então, voltou-se para o tirano e declarou com firmeza:

— Você será banido. Não poderá jamais voltar a este Reino. Será enviado para terras distantes, sem nome, sem poder, sem aliados. E talvez, quem sabe, um dia, já velho, solitário, em uma caverna fria e escura de alguma terra estrangeira... talvez então, encontre dentro de si o verdadeiro sentido de servir — não ao poder, mas à vida, ao povo e sobretudo ao reino.

Houve um momento de silêncio profundo... e então, o povo aplaudiu com força e gratidão. Não apenas ao rei — mas ao gesto que selava o nascimento de um novo tempo.

O tirano, que até então mantinha a arrogância habitual, pareceu quebrar por dentro. Pela primeira vez, abaixou a cabeça. Aquela sentença — o exílio sem retorno — pesava mais do que qualquer espada.

E o povo ali presente, pôde presenciar em muitos anos, que a justiça não teve gosto de sangue — mas de sabedoria.

Surya afastou-se do espetáculo com o coração grato, por aqueles conceitos: vergonha na cara, senso de justiça e justiça com aprendizado. O espetáculo de bonecos ficara gravado em sua alma — os fantoches de pano dançando como destinos entrelaçados, as vozes dos artistas ecoando verdades antigas. Quisera ficar, assistir tudo novamente, desvendar cada camada de significado... Mas o Dharma o chamava para partir antes que a primeira luz dourada riscasse o horizonte. O horizonte de dedos cor de rosa.

Enquanto arrumava seus poucos pertences na cela escura — a tigela e o copo de madeira que agora pareciam relíquias — um sorriso tranquilo lhe iluminou o rosto. Aprendera ali, entre risos e aplausos, que as maiores lições muitas vezes chegam disfarçadas de entretenimento, e que , de fato, até bonecos de pano podem carregar a voz dos deuses.

Amanheceria caminhando, levando consigo não apenas as memórias do espetáculo, mas a certeza de que em cada vilarejo, cidade, em cada estrada, novas peças o aguardavam — e ele, agora, estava pronto para ser tanto espectador quanto personagem no grande drama do Dharma.

A Flecha Certeira da Disciplina

Depois que Surya voltou da viagem, muitas tarefas passaram a ser atribuídas a ele. A verdade é que o tempo parecia correr mais rápido — ou, ao menos, era essa a impressão que Surya começava a ter diante das novas responsabilidades. Ele se empenhava em cumprir tudo com dedicação, mas também percebeu algo marcante: muitos dos monges mais velhos haviam feito a passagem. O mosteiro se renovara com rapidez, e os compromissos desses mestres precisavam agora ser assumidos por outros, inclusive por ele — ainda que fosse relativamente jovem.

Mas havia um detalhe: Surya estava no mosteiro desde o nascimento. Isso fazia diferença.

Um dia, o obade o chamou.

— Surya, temos uma nova tarefa importante para você. Sei que está com muitos afazeres e tem se saído muito bem em todos eles. Mas esta missão é primordial.

O mestre fez uma pausa, como quem pondera mais um pouco para não perder certos detalhes.

— Você vai iniciar sua vida como professor. Acreditamos que você possui todas as qualidades para ensinar os mais jovens que chegam ao mosteiro. Por isso, deixará uma de suas funções atuais para assumir essa nova responsabilidade.

Houve um silêncio carregado de significado.

— Como sabe, perdemos muitos irmãos recentemente — pela doença que se espalhou e pelo envelhecimento natural. Mas, ao mesmo tempo, o mosteiro recebe hoje mais noviços e acólitos do que nunca. Precisamos de você nessa nova atividade.

— Mestre abade, vossa proposta me comove... — Surya inclinou-se, mãos um pouco trêmulas e unidas. — Mas meu coração questiona: seria eu digno? Minha compreensão ainda vacila como folha ao vento. Tenho apenas vontade de servir, não certezas.

Uma pausa, depois continuou, voz mais serena:

— E ainda assim... ao contemplar este caminho, sinto uma quietude. Como se cada passo incerto me preparasse para algo maior que não vejo, mas pressinto. Mas se neste momento, esta é a vontade do Dharma... — ergueu os olhos — que minhas mãos vazias sirvam de vaso. Aceito, não por mérito, mas por confiar em vós.

O mestre abade sorriu, bondade nos olhos:

— Essa dúvida, filho, é tua qualificação. Quem se crê pronto cedo demais — já pode ter se perder no orgulho.

Assim, ele começou a ensinar as crianças que chegavam ao mosteiro aos sete anos — a idade de entrada.

No primeiro dia de aula, a primeira lição foi sobre disciplina.

Alguns alunos logo perguntaram:

— Mestre, como a adquirimos a disciplina?

Surya respondeu com serenidade:

— A disciplina nasce do hábito. Quando repetimos uma ação com intenção, ela se torna natural, e própria, como um mecanismo que funciona num simples impulso. E isso facilita a vida, especialmente em um lugar como o mosteiro, onde tudo é feito com propósito.

Uma outra criança levantou a mão:

— Mas às vezes só queremos brincar, pensar em outras coisas...

Ele sorriu e disse:

— Isso é natural. A mente gosta de vagar. Mas a primeira disciplina começa na quietude da mente. Antes de qualquer prática, é preciso aprender a acalmar o pensamento.

Fez então uma pausa e concluiu:

— Tratem cada dia como se fosse uma vida inteira. Cada dia é uma existência completa, inseparável da vida. E a disciplina é a ponte que une o instante ao sentido maior de estarmos aqui.

Certa vez, enquanto se dirigia à sala de aula, Surya teve uma ideia brilhante: representar as Quatro Nobres Verdades de Buda de forma teatral. Na sua concepção, quatro alunos personificariam cada uma das verdades sagradas, enquanto os demais colegas assistiriam à encenação como plateia atenta. Ele mal podia conter seu entusiasmo — tinha absoluta certeza de que as crianças ficariam encantadas com aquela abordagem lúdica e criativa dos ensinamentos budistas. Sabia da força dessas apresentações.

A sala estava em silêncio. O Professor Surya se levanta e olha para a turma com um leve sorriso.

— Turma... como havia prometido, hoje o mistério chega ao fim. Vocês foram pacientes — e alguns até curiosos demais! — mas agora é hora de revelar o que preparamos há tanto tempo.

Faz uma pausa dramática, varrendo os olhares ansiosos da sala com ares de seriedade.

— Vamos fazer uma peça de teatro. Uma história sobre a vida, o desejo, o sofrimento e a libertação. E quero agradecer especialmente aos quatro alunos que carregaram o segredo com tamanha responsabilidade.

Mantiveram as línguas em suas próprias bocas... e não escapou nem um suspiro!

A classe ri discretamente. Alguns colegas lançam olhares cúmplices aos futuros atores.

— Agora, peço a atenção de todos. Venham aqui, meus quatro atores mirins. É hora de começarem a jornada com a qual tanto ensaiaram.

Os quatro alunos se levantam e caminham para o centro da sala, sob os olhares curiosos dos colegas. A expectativa cresce. A peça está prestes a começar.

Houve algum burburinho.

— Silêncio na plateia... que o espetáculo vai começar! — Surya falou por último com maior empolgação.

Cena 1: O Sofrimento (Dukkha)

(Entra o Aluno 1, Dukkha, vestido de cinza, com aparência cansada e suada, arrastando uma pedra pesada.)

Dukkha (ofegante, cambaleando):

— Ai… que peso é viver! Nascer, crescer, adoecer... perder amigos, perder o que amo. Até a alegria escapa por entre os dedos; nada dura para sempre. Ó vida que curva os ombros e deixa as sombras tomarem conta! Ó vida em que a única certeza é o desaparecimento... a morte.

(Ele levanta os braços como se carregasse um fardo invisível ainda maior.)

— O que direi aos meus pais, aos meus amigos, ou até mesmo aos filhos que ainda não nasceram? Que todos estamos condenados ao fim? Que destino tão triste... A vida é uma imbecilidade tocante! Direi a eles então... Mas isso não alivia ninguém.

(Dukkha pára no meio da sala, exausto. A turma observa em silêncio. Alguns balançam a cabeça, outros murmuram "já senti algo assim" ou "isso é muito real".)

Cena 2: A Causa (Samudaya)

(Entra o Aluno 2, Samudaya, trajando uma capa avermelhada, segurando uma longa corda. Ele ri alto enquanto se aproxima de Dukkha e começa a enrolá-lo com a corda.)

Samudaya (provocador):

— Hahaha! Pobre Dukkha... você sofre porque me segue! Eu sou o Desejo!

Dukkha (tentando se soltar, sufocado):

— Você quer tudo, né? Uma casa nova, atenção, riquezas, brinquedos... mais e mais! E quando não tem... você sofre!

(A corda aperta cada vez mais. Dukkha se debate, angustiado.)

Dukkha:

— Eu... eu não consigo! Quanto mais desejo, mais preso me sinto... oh, que miséria é essa... essa prisão dentro de mim, como garras cruéis rasgando minha alma, quanto mais tento fugir...

Samudaya (com olhos arregalados, fazendo caretas engraçadas):

— É disso que eu gosto!

(Todos os colegas riem dos gestos do garoto, mesmo Surya sorri, mas força um semblante mais sério, para não desvirtuar a situação.

Cena 3: A Libertação (Nirodha)

(Silêncio. Entra o Aluno 3, Nirodha, trajando branco, com expressão serena e movimentos calmos. Ele se aproxima de Dukkha e toca a corda, que se desfaz em suas mãos.)

Nirodha (com voz suave e firme):

— Você pode se libertar. Basta parar de alimentar o desejo.

— Quando o querer cede lugar à compreensão... vem a paz. O sofrimento se dissolve. Isso é o Nirvana.

(Dukkha respira fundo, aliviado. Samudaya grita, tentando resistir, mas sua força diminui.)

Samudaya (desesperado):

— Nãooo! Sem mim, você não é nada! VOCÊ PRECISA DESEJAR!

(Sua voz enfraquece e some. Ele recua, sumindo lentamente no fundo da sala.)

Cena 4: O Caminho (Magga)

(Com energia, entra o Aluno 4, Magga, correndo e segurando um mapa velho em forma de pergaminho.)

Magga (entusiasmado):

— Calma aí! Querem saber como chegar à verdadeira libertação?

— Eu tenho o caminho! O Caminho Óctuplo!

(Mostra o mapa à turma.)

— Falem com verdade, ajam com compaixão, pensem com clareza, vivam com retidão, esforcem-se com sabedoria, mantenham a mente atenta, concentrem-se na essência... tudo isso faz parte da trilha!

(Magga se aproxima de Dukkha, que agora sorri, parecendo mais leve.)

Dukkha:

— Então existe um jeito... um jeito de viver sem essa pedra que tanto desejamos, mas que é tão pesada no final?

Magga:

— Existe sim! E tudo começa com o primeiro passo.

(Nirodha e Magga colocam as mãos nos ombros de Dukkha. Os três sorriem juntos.)

A turma aplaude.

Professor Surya então falou:

— E então, turma? Quem aqui já sentiu o peso da pedra de Dukkha?

(Alguns alunos levantam a mão.)

— E quem aqui já se deixou levar por Samudaya, o desejo que nunca acaba?

(Mais mãos se levantam. Alguns risos.)

— Pois bem... agora que vocês conhecem Nirodha e Magga, o que acham de praticar o que aprenderam?

Os alunos começam a debater, compartilhar experiências, fazer perguntas.

Num pátio tranquilo do mosteiro, sob a sombra de uma figueira sagrada, o Abade e Surya caminham lentamente, conversando. Os acólitos observam em silêncio à distância, tentando ouvir o que diziam.

— Monge Surya... Retornei recentemente de uma viagem de duas semanas e fui informado de que houve uma encenação das Quatro Nobres Verdades — e até risos se ouviram durante a apresentação. Confesso que isso me intriga de algum modo. Como pode o sofrimento ser representado como espetáculo? E isso, à primeira vista, pode parecer desconcertante para muitos adeptos. Afinal, as Quatro Nobres Verdades são o núcleo do ensinamento do Buda — disse o abade com certa preocupação.

Surya então começou a explicar sua experiência que moldou seu ensino

— Mestre abade, não foi exatamente um espetáculo. Foi um encontro. Durante uma viagem, cruzei caminhos com uma trupe itinerante e aprendi com eles a arte de transformar palavras sábias em histórias vivas. E então compreendi algo essencial: o conhecimento não existe apenas para ser memorizado — ele precisa ser vivido.

— Mas por que escolher o teatro? Por que não a meditação, a leitura dos sutras com debates e exemplos?

— Sim, não me oponho a esses métodos, mestre abade. As crianças já conhecem o sofrimento. Já perderam entes queridos, sentiram ciúmes, experimentaram medo. Dessa forma, se torna mais fácil representá-lo creio que para qualquer pessoa, na verdade. Quando *Dukkha* entra na sala carregando uma pedra, elas reconhecem o peso que também carregam dentro de si. Às vezes, abordamos o Dharma com tanta rigidez que nos afastamos de sua essência. Lembro-me de um mestre zen que nos visitou no mosteiro e disse: "Se você chorar com o Dharma, ainda está preso. Se você rir dele, talvez tenha entendido."

O abade ficou reflexivo por um tempo e falou num tom suave, com o pensamento longe:

— Uma vez escutei isso, monge Surya, "O mundo inteiro é uma peça de teatro sagrado. Assistimos, representamos e nos libertamos."

— É uma boa frase, mestre abade. Acredito que também me dei conta disso em certa medida, mas entendi que também é um bom instrumento.

— E o desejo? Como mostrar algo tão invisível? — indaga o Abade com o espírito isento.

— Eu o vesti de vermelho. Dei-lhe uma corda e um riso provocador. Chamei-o de *Samudaya*. E quando ele envolve a criança com suas garras, em forma de corda, ela não apenas entende — ela sente. Porque o desejo não é só uma ideia... é um vilão sedutor. Quando *Samudaya* sussurra 'Isso vai te fazer feliz', as crianças veem a armadilha.

— Interessante... e a libertação? Como representá-la sem cair no vazio? — indagou o abade, pondo-se novamente a andar.

— Com um gesto. Um toque. Nirodha corta a corda. E ali, diante dos olhos de todos, o prisioneiro respira fundo. A libertação não é um discurso — é um milagre visível. Uma esperança concreta. Ah, Mestre, é como ver uma fagulha acender dentro delas!

— E o Caminho Óctuplo? Como explicar tantos passos a mentes tão jovens?

— Não como regras, Mestre. Como um mapa. Como uma aventura. Magga mostra o caminho com pergaminho nas mãos, e eles querem segui-lo. "Ah, então ser gentil é parte do caminho?" — dizem. É assim que compreendem.

— Então você não quer que eles saibam de cor as verdades...

— Quero que as reconheçam nas próprias vidas. Que, quando a dor chegar, digam: "Ah, isso é *Dukkha*... e eu sei como escapar. Já a vi com meus próprios, sei como age!"

O abade fecha os olhos por um longo momento. Silêncio. Depois, olha para Surya por alguns instantes... e sorri.

— Você ensina com as mãos abertas, monge Surya. Há muito tempo, um rei perguntou ao Buda: "Como posso fazer com que meu povo se lembre de seus ensinamentos?". E o Buda não lhe deu um sermão... deu-lhe uma história. Você faz o mesmo — à sua maneira. O Dharma não foi feito apenas para ser recitado... ele precisa ser vivido, esse conceito certamente é uma boa medida. Então você, monge Surya, não está diminuindo a verdade... está plantando-a.

A Leveza do Dharma nas Colinas: A Pipa e o Corcel

O professor Surya, passou a ser conhecido por sua abordagem compassiva e lúdica do ensino, certa manhã conduziu seus jovens alunos para uma colina sem construções, onde pretendiam empinar pipas. Aquilo era, para os meninos, motivo de grande júbilo. A cada vez que isso acontecia, vilarejos inteiros nos vales abaixo paravam para assistir o colorido das pipas dançando no céu. Não era apenas uma brincadeira: havia algo de ritualístico e contemplativo naquilo — como se o céu, por um instante, se tornasse espelho da alma.

Naquele dia, o próprio abade do mosteiro, decidiu acompanhar o grupo. Sua presença honrava todos. Outros três monges mais velhos também quiseram ir, movidos por curiosidade e por aquele sentimento silencioso que às vezes nos toma quando pressentimos que algo simples pode carregar um grande ensinamento.

Chegando ao topo da colina, o céu se encheu de formas e cores. Pipas multifacetadas cortavam o ar como preces silenciosas. O abade, com enlevo no seu coração, comentou com Surya:

— Mesmo com a minha idade, ainda sinto uma leveza sutil neste lugar. Isso, por si só, já é um milagre. Mais ainda é ver como essa atividade tem alcançado tantas vilas. Fico contente por ter confiado no meu julgamento sobre você — e por você ter aceitado essa responsabilidade, mesmo sendo tão jovem. O mosteiro nunca esteve tão cheio de vida. Que possamos continuar servindo da melhor maneira possível.

Aproveitando a abertura da conversa, Surya compartilhou algo que o vinha inquietando. Um de seus alunos havia perguntado por que, no budismo, os monges não realizavam milagres como certos yogis indianos ou outros mestres — aqueles que levitam, se manifestam em múltiplos lugares ao mesmo tempo ou curam os mortos. O próprio aluno afirmava ter testemunhado feitos extraordinários.

O abade, olhando para o céu colorido, respondeu com serenidade:

— Monge Surya, muitos mestres de várias tradições desenvolvem *siddhis* — capacidades extraordinárias. Elas existem, são reais. Mas Buda nos ensinou que o foco não deve ser o milagre em si. Esses dons podem surgir, sim, de maneira natural ou como consequência do treinamento profundo. Mas torná-los objeto de desejo é desviar-se do Caminho. O que liberta não é voar, mas cessar o sofrimento, o que liberta não curar os mortos, mas sair da roda de *Samsara*. O milagre mais precioso é estar plenamente presente, plenamente desperto, mesmo diante da dor.

Apontando para um dos garotos, continuou:

— Veja aquele menino, o menor da turma. Sua pipa verde sobe mais alto que todas as outras. Olhe o fio: é fino, quase frágil, e mesmo assim o conecta ao céu. Isso é um símbolo poderoso. Ele parece ter verdadeira habilidade no manejo da pipa, enquanto alguns outros são mais rudes, quase se debatendo inutilmente com seus fios. Não entendo extamente dessa arte, mas percebo suas nuances.

Surya se inclinou para o mestre abade e disse com entusiasmo:

— O mestre faz uma bela apreciação do assunto certamente.

— Assim também o homem mais simples pode tocar o Infinito, desde que esteja enraizado em seu próprio centro. O verdadeiro milagre é essa inteireza: não se deixar arrastar pelas dualidades — alto e baixo, frio e quente, sucesso e fracasso — mas transcender essas ilusões. Veja aquele outro garoto, monge Surya — disse o abade, com um gesto sutil. Antes, ele lutava contra o vento, tensionando-se em vão. Até que outro companheiro se aproximou e o guiou: "O controle ainda é teu, mas agora trabalha com o vento, não contra ele". E assim, soube fluir com leveza e precisão. É justamente isso que o budismo nos revela: a sabedoria de não resistir, mas harmonizar-se com a vida, transformando obstáculos em caminho."

O silêncio caiu leve, como uma folha que não faz barulho ao tocar o chão. Então, o Abade concluiu sua introdução com uma história:

— Certa vez, o Buda encontrou uma mãe desesperada, carregando o filho morto nos braços. "Por favor, traga meu filho de volta!", ela implorava. O Buda então disse: "Tudo bem, mas antes me traga um simples grão de mostarda de uma casa onde nunca morreu ninguém." A mulher saiu cheia de esperança, batendo de porta em porta. Mas em cada casa, descobria a mesma coisa: "Aqui já perdemos um avô", "Minha irmã faleceu no ano passado", "Ninguém escapa, minha filha...", "Meus filhos se foram, um em cada ano. Nada me resta...". Quando voltou, seu rosto já não era só de tristeza, mas também de entendimento. O Buda não precisou dizer mais nada. Ela havia percebido: a dor faz parte da vida. A questão não é fugir dela, mas aprender a viver com ela, sabendo que tudo passa.

— Uma vez ouvi dizer, mestre abade, que 'o sofrimento é como a sombra que persegue cada passo sob o sol — e a libertação não está em negá-lo, mas em enxergar, através dele, a natureza transitória de todas as coisas', disse Surya, seus olhos seguindo as pipas que dançavam no céu. Naquele instante, uma revelação desdobrou-se em seu peito: cada pipa que se elevava sobre a colina não era apenas um espírito pairando acima da matéria, mas um testemunho da mais pura liberdade — não como abandono da vida, mas como entrega à sua leveza essencial. E enquanto os papagaios de papel dançavam no vento, seu coração desprendido oferecia ao universo uma única prece: "gratidão pelo dom fugaz deste dia."

O mestre abade acenou com gesto eloquente, que parecia observar as pipas com o mesmo sentimento. O sol declinava agora, derramando sobre a clareira um manto dourado que transformava cada folha, cada fio de grama, em fragmentos de luz efêmera.

No dia seguinte à Festividade das Pipas — como ficou conhecida a celebração —, o céu ainda parecia guardar os vestígios das cores vibrantes e dos risos das crianças, enquanto os corredores do mosteiro ecoavam com os comentários entusiasmados da comunidade. Foi nesse clima suave de ressaca festiva que Surya teve uma forte intuição: algo de inusitado estava acontecendo com um de seus alunos, Ananta. Na verdade, já havia percebido há algum tempo que ele era diferente dos demais — não apenas em atitude ou comportamento, mas em algo mais profundo, quase imperceptível, como se carregasse dentro de si uma luz discreta, mas constante de uma velhice interior.

O menino, um dos mais jovens entre os noviços, caminhava com a mesma serenidade habitual, mas havia nele um silêncio diferente — não o mero abster-se de falar, mas algo mais fundo, como o eco de uma lembrança que ainda não encontrara suas palavras. Em seu olhar, vasto e imóvel como um horizonte sem fim, parecia haver muito mais do que o jardim diante de si: era como se contemplasse séculos adormecidos sob a superfície do mundo, como se visse o tempo não como uma linha, mas como um mar em repouso, guardando segredos antigos debaixo de seus reflexos.

Surya decidiu se aproximar com naturalidade, e juntos sentaram-se à sombra de uma árvore. Foi então que Ananta falou, quase como quem recita algo que sempre soube:

— Em outra vida, cavalguei por terras desconhecidas. Colinas vermelhas sob ventos salgados, montado em corcéis negros — selvagens, velozes, como tempestades com cascos. Cada batida do meu coração ecoava o ritmo da terra, tão forte que doía. Talvez fosse um guerreiro, ou apenas um eco de quem ainda sou. Essas memórias não me abandonam, são gritos no vento, flores que desabrocham em estações secretas. Sei, no sangue e nos ossos, que não posso fugir do que fui... ainda... do que ainda lateja em mim. Será que alguém compreenderá isso?

O menino então fitou Surya — seus olhos eram como um poço sereno e profundo, vivo e inacessível. Mas, por um instante, de súbito, surgiu neles o reflexo de um luar de meia-noite, e a luz penetrou aquele abismo silencioso, inundando-o com uma claridade misteriosa. Não era apenas um segredo: era uma verdade que emergia das profundezas, vinda de algum lugar oculto, para tocar o mundo e enriquecê-lo com sua presença.

Surya permaneceu silêncio, um tanto surpreso. Não havia exagero em sua voz, nem fantasia nos olhos — apenas uma espécie de verdade crua e antiga.

Então o menino fechou os olhos.

Uma brisa suave soprou entre os galhos, fazendo as folhas sussurrarem em um canto quase inaudível. E por um instante fugaz, Surya viu — ou julgou ver — à beira da mata, a silhueta de um cavalo negro, montado por um cavaleiro que se aproximava em disparada. Estranhamente, trajava ao mesmo tempo andrajos e roupas suntuosas, como se reunisse em si momentos distintos. Estava recortado contra a luz, de forma quase irreal, como se o tempo, por um breve momento, tivesse levantado, em segredo, o véu que oculta o invisível.

Surya chegou a se assustar. Para ele, era a primeira vez que algo assim surgia diante dos olhos — uma visão vinda de fora do mundo que conhecia. Foi quando Ananta, ainda de olhos fechados, disse:

— Eu não quero ser monge para sempre.

A frase caiu com a mesma leveza firme de um bambu que verga ao vento, mas não se quebra. Não havia rebeldia em suas palavras, apenas convicção.

Surya permaneceu em silêncio. Já sentira que aquilo não vinha da inquietação de uma criança, mas de algo muito mais profundo — como se uma alma antiga apenas estivesse se lembrando do que veio fazer.

Mais tarde, enquanto caminhavam juntos pela trilha coberta de folhas douradas, Surya o convidou a ir até uma clareira onde costumava meditar. Sentaram-se ali, cercados pelo som dos pássaros e pelo perfume da terra úmida.

— Sabe, Ananta... — disse ele, olhando o céu entre os galhos — quando você falou daquela vida, daquele corcel... havia verdade nos teus olhos. Mas preciso lhe perguntar, você realmente se lembra ou foi algo de seus ancestrais, Ananta? Pois deve saber, que isso não é incomum.

Ananta não respondeu de imediato. Ficou em silêncio por um instante, os olhos perdidos no horizonte, como se ainda escutasse algo inaudível para Surya. Então, quase num sussurro, falou:

— Algumas coisas não se lembram com a mente. Elas apenas... retornam.

As palavras eram suaves, porém firmes — como o vento soprando sobre as colinas. Surya sentiu-se profundamente tocado por aquela resposta.

— E se fosse algo dos meus ancestrais — continuou Ananta, sem demonstrar qualquer hesitação —, eles próprios já teriam se revelado.

Foi então que Surya decidiu compartilhar o que guardava.

— Eu entendo você — disse, baixo, como se temesse romper o encantamento do momento. — Na verdade... eu vi um corcel negro, praticamente no mesmo instante em que você começou a contar sua história. Ananta assentiu lentamente.

— Eu intuí em algum momento, que somente, você, professor Surya compreenderia, por isso lhe revelei — respondeu. — Melhor que todos no mosteiro.

Surya hesitou por um instante, antes de pedir:

— Conte-me mais. Explique-me melhor o que aconteceu... e o que descobriu dentro de si.

— Eu me recordo, professor Surya. É como se aquela vida ainda estivesse acontecendo em paralelo. Sinto que tenho algo a fazer... lá. E, às vezes, também aqui. Mas não posso viver apenas em um dos caminhos. Isso me aflige — não era assim antes, mas agora está mais forte. Fico confuso sobre o que devo seguir. Quando comentei algo semelhante ao mestre abade — embora naquela época eu soubesse muito menos do que sei agora, e inclusive menos do que sei neste momento —, ela me disse que eu era jovem demais, apesar de possuir uma alma antiga. Disse que meu tempo chegaria, e que eu deveria seguir a senda com entrega e disciplina. Mas isso parece ferir algo essencial na existência que preciso trilhar. Eu mesmo não entendo.

Surya observou por alguns instantes, tentando entende aquela angustia de um garoto tão jovem. Depois disse:

— O Buda nos ensinou a Senda Óctupla para atravessar o sofrimento. O Caminho do Meio. O equilíbrio. Você lembra os oito passos?

Ananta assentiu com a cabeça e os recitou, um a um, com calma:

— Compreensão correta. Pensamento correto. Fala correta. Ação correta. Meio de vida correto. Esforço correto. Atenção plena. Concentração correta.

Surya sorriu. Mas antes que pudesse continuar, Ananta acrescentou, com um brilho curioso nos olhos:

— Mas mestre, mesmo o que é correto... depende do contexto, não?

Surya ergueu as sobrancelhas, intrigado:

— Explique.

— Por exemplo, "meio de vida correto". Para um monge, é a renúncia. Para um guerreiro naquela vida que vi, era proteger os inocentes com a espada. Ambos buscavam cessar o sofrimento, mas os instrumentos eram diferentes.

Surya ficou em silêncio. Ananta prosseguiu:

— E a "compreensão correta"... ela também cresce com as vidas, não? Às vezes, algo que aqui não posso entender, em outro plano parece óbvio. Então penso: será que a Senda não está presente em todos os mundos?

— Você quer dizer que o Dharma transcende a forma monástica? — perguntou Surya.

— Sim. Eu sinto que o Buda não quis que todos fossem monges, mas que todos fossem conscientes. Porque o Caminho... ele pode estar em quem planta, em quem dança, em quem cavalga. A presença é o verdadeiro manto do monge, não?

Surya fitou o garoto como quem olha para um espelho do tempo. Depois disse:

— Uma vez, o mestre abade me disse, com bastante ênfase: Surya há monges que vivem no templo e nunca pisaram na senda. E há andarilhos que, mesmo em meio ao mundo, vivem com a mente tão desperta quanto um iluminado". Mas o risco, Ananta, é que fora da trilha, há muitas distrações. O caminho é mais difícil de ver. Embora, o Buda, não falava apenas da vida monástica, como são, por exemplo, para os seguidores do Jainismo.

Ananta respondeu com humildade:

— Eu sei, professor Surya. Já pensei a respeito, acho que vi o próprio mestre abade falar sobre isso. Quero aprender. Mas não posso prometer que ficarei para sempre. Minha alma me chama para outro lugar... e eu sinto que lá, também há Dharma.

— Então cultive a mente como se fosse um jardim invisível. Porque seja qual for a terra em que você pisar, será esse jardim que dará fruto.

Naquela noite, Surya permaneceu profundamente imerso em pensamentos. Os acontecimentos recentes — a Festividade das Pipas, os risos das crianças, o céu pintado de cor e movimento — pareciam ainda reverberar dentro dele. As pipas, dançando no vento, lhe falavam de liberdade. E ao mesmo tempo, do fio sutil que as mantinha presas à terra — como o vínculo delicado entre a alma e o corpo. Voar era belo, mas era o fio que dava sentido ao voo.

Lembrava-se também do olhar de Ananta e de sua visão intensa: cavalos negros galopando por uma terra desconhecida, selvagem, vasta. Aquele menino, ainda tão jovem, mas com olhos antigos, havia falado com a certeza de quem se lembra. E dissera, sem medo: "Eu não quero ser monge para sempre." Havia ali uma convicção que perturbava e inspirava ao mesmo tempo.

Surya pensou: "a pipa que se eleva, leve e guiada. O corcel que corre com os pés firmes sobre a terra. Ambas imagens de liberdade — uma celeste, outra terrena. E Ananta parecia reunir as duas naturezas. Ele não estava preso ao caminho monástico, e ainda assim, tinha um centro. Talvez fosse esse o verdadeiro ensinamento: há muitas formas de se alinhar ao Dharma, e não há prisão onde há consciência".

Já era tarde quando Surya, tomado por uma inquietude serena, dirigiu-se à sua cela. Ali, no canto reservado à contemplação, repousavam seus objetos de devoção: japamala de um antigo monge, a pequena esfera de Kabir, e uma lamparina a óleo. Acendeu a chama com cuidado e se sentou em silêncio. A luz bruxuleante banhou o recinto com um calor suave. Aqueles simples elementos, testemunhas de sua jornada, sempre o ajudavam a retornar ao centro.

E assim, em meio à penumbra e à quietude, Surya deixou-se mergulhar na meditação — não em busca de respostas imediatas, mas de uma escuta mais profunda. Algo no gesto ousado de Ananta havia tocado seu próprio coração. Talvez o verdadeiro mestre não seja aquele que molda, mas o que permite que o outro floresça no seu tempo e direção.

A Adaga de Ouro que Trespassa o Coração da Alma

Surya, que em breve completaria vinte e um anos, observou com serenidade — e um leve peso no peito — a partida de Ananta. Não houve lágrimas nem súplicas; apenas o silêncio da aceitação, o reconhecimento de que alguns destinos não se realizam dentro dos muros do mosteiro. Ananta seguia outro Dharma, e Surya, embora surpreso diante da determinação do menino, pressentiu naquela saída algo maior do que qualquer um dos dois poderia compreender naquele instante.

A roda girava.

"Isso nunca vai acontecer comigo", disse para si mesmo, como quem faz um juramento. "E é inteiro dentro de mim que reside o mosteiro."

Na manhã seguinte, o céu estava límpido, como se as colinas e vales respirassem fundo após a partida do jovem. Enquanto se preparava para sua aula costumeira, foi chamado pelo mestre abade. O ancião, com voz calma e olhos atentos, lhe disse:

— Monge Surya, chegou para você uma nova tarefa. Uma viagem — mas desta vez, diferente. Você representará este mosteiro em um grande encontro de mestres e professores em Varanasi. E claro, é lugar muito significativo para o Budismo. O conselho aprovou com unanimidade sua participação. Acreditamos que seu método de ensino poderá inspirar outros mosteiros, assim como será uma oportunidade valiosa para seu próprio aprendizado. Você partirá amanhã, com um grupo de comerciantes da vila. Mas desta vez, irá sozinho.

Surya aceitou com uma reverência silenciosa, reconhecendo ali não apenas um dever, mas também um convite à expansão. Aquilo tocou profundamente seu coração.

Com deferência, ele perguntou:

— Não foi em Varanasi que o Iluminado se apresentou pela primeira vez, mestre abade?

O abade respondeu com serenidade:

— Sim, isso mesmo. Mas lembre-se: quando o Buda chegou a Varanasi, não foi como um mestre vindo ensinar verdades absolutas, mas como uma semente silenciosa de nova visão. Ele não trouxe palavras de fogo ou clamor, mas gotas de clareza em meio ao murmúrio das disputas e rituais. Foi nos campos tranquilos de Sarnath — longe dos templos e da voz dos sábios certos — que ele pôs em movimento algo simples, profundo e imutável: o caminho da mente desperta. A roda girou, porém sem estrondo. Apenas a verdade, colocada em movimento.

Ao amanhecer, Surya partiu, deixando para trás as colinas de Rajgir, onde tantas vezes meditara sob os salgueiros sagrados. Sabia que diante de si se estendiam mais trinta jornadas até Varanasi, cidade banhada pelas águas do Ganges, guardada não por muralhas ou montanhas, mas pela eternidade de seu espírito. Diziam que ali o tempo parava, que as ruas cantavam mantras e que cada passo sobre suas pedras era uma oração. Era para lá que ele caminhava — não apenas com os pés, mas com toda a alma.

A viagem foi longa — mais de um mês cruzando vilarejos, florestas e vales. Ao lado dos mercadores, aprendeu sobre rotas, barganhas e os silêncios que também fazem parte das trocas humanas. Observava tudo com o mesmo olhar atento que dedicava às nuvens, às folhas, às pipas e aos textos antigos. Cada rosto encontrado no caminho parecia conter uma história; cada gesto, um ensinamento.

Ao avistar, enfim, os primeiros sinais de Varanasi, sentiu algo mudar dentro de si. As *ghatas*, escadarias de pedra que levam às águas do rio Ganges, surgiram como escadarias entre o mundo visível e o invisível. O cheiro do rio misturava-se ao incenso, ao som de sininhos e ao canto dos brâmanes. Era uma cidade que respirava fé, memória e movimento constante — como se o universo inteiro ali se movesse em círculos infinitos.

A cidade era descomunal para o que Surya conhecera até então — um emaranhado de sons, aromas e rostos. Como poderiam tantos mundos caber em um só lugar?

O encontro de mestres e professores foi riquíssimo. Cada monge compartilhava práticas, cantos, métodos e visões. Surya falou de sua pedagogia com simplicidade, e seu modo compassivo de ensinar tocou muitos corações. Ele também se deixou tocar: aprendeu novas formas de meditação, modos de entoar mantras, formas de lidar com o sofrimento e com a alegria.

Quando os trabalhos e conferências terminaram, ainda teria que esperar muito, pois o grupo que o trouxera demoraria nas negociações. Tinha, então, tempo livre — e esse tempo se revelou tão importante quanto o percorrido.

Um dia, seus passos o levaram a uma loja de mercadorias raras, cujos objetos pareciam carregar histórias. Era a mais rica da cidade. O dono, de nome Dinesh, era um senhor sagaz e cordial, cujo sorriso parecia esconder saberes acumulados por gerações. Logo se afeiçoou ao jovem monge, especialmente por sua curiosidade e natural entusiasmo por peças especialmente raras e belas.

Surya não se limitava a fazer perguntas; ele contava também sobre as origens das peças, como as imaginava, tecendo nelas os saberes que colhera — as lições de Kabir, os costumes dos povos das estradas, as histórias sussurradas ao longo das rotas comerciais. Para Dinesh, aquele monge não era apenas um visitante ocasional: era alguém capaz de ver alma nas coisas mais simples, de encontrar vida em cada objeto e significado em cada encontro. Certo dia, ao perceber que Surya vinha aparecendo diariamente, sempre disposto a ajudar, Dinesh sentiu, como era de seu costume, o peso da sorte em sua vida.

— Se quiser, pode ajudar na minha loja de forma mais contínua — disse-lhe, por fim. — É raro alguém falar dos objetos como você fala. Posso pagar por isso.

Surya recusou qualquer pagamento. Não fazia aquilo por moeda, mas por alegria e observação. Aos poucos, foi ocupando um lugar especial na loja — o salão mais refinado, onde se encontravam nobres e compradores vindos de reinos distantes, atraídos pela fama das peças e pela o status do comerciante.

E então, certo dia, chegou um homem nobre, vindo de terras longínquas, acompanhado de sua filha. O mercador o recebeu com pompa e, apontando para Surya, disse:

— Este é o guardião das histórias escondidas — disse Dinesh, apontando para Surya. — Em pouco tempo, ele conhece cada objeto que vê e ouve falar, como se passasse a carregá-lo dentro de si. Pergunte a ele o que desejar.

Fez uma pausa, cheio de confiança, enquanto observava o nobre e sua filha diante de si. Em seguida, concluiu:

— Este é o monge Surya. Ele nos honra com sua presença depois de cumprir suas obrigações no mosteiro ao qual pertence. E pode ajudar na escolha com palavras que vão além do preço.

O nobre assentiu, satisfeito. Afinal, ter um monge por perto oferecia à filha um ambiente seguro, além de certo ar de sabedoria e serenidade.

A jovem caminhava em silêncio pelos corredores estreitos da loja, entre objetos raros e memórias adormecidas. Surya a acompanhava com discrição, mantendo distância, sem jamais ousar fixar nela o olhar. Mas, em dado momento, seus olhos se encontraram.

Foi como se um antigo espelho, há séculos coberto de poeira, fosse repentinamente polido pela primeira vez — revelando não o rosto do outro, mas o reflexo de algo profundo e esquecido dentro de si mesmos.

Ela parou, como se algo lhe tivesse sido sussurrado por dentro. E uma certa perplexidade, como saindo por trás do Himalaias

— Há algo nos seus olhos — murmurou ela, voz tão suave que se dissolvia como orvalho ao alvorecer. — Como um lago sob a estrela-d'alva, sete vezes minha estrela-guia, revelando mistérios que nem o sol meridiano nem a lua prateada jamais alcançariam. Derrete o que é uno, ilumina o que jaz oculto... algo que me aterrorizou e extasiou. Não mero desejo, mas destino escrito. O vento que subindo a colina irmana com a ela, e apraz. E no destino, que espaço resta para a vontade?

Ela respirou profundamente e continuou:

— És como o vaso que permanece vazio, o dia que recusa o crepúsculo, a noite cujas estrelas se transmutam em sóis. Acima de tudo, revelas o enigma que eu mesma sou. Pois a água que nega sua nascente seca, e minhas lágrimas — quedas silenciosas diante de ti — descem cantando com a doçura que vejo em teu olhar. Um olhar ancestral, imutável como as montanhas. Como a cachoeira que, nascendo nos cumes, desce sem pressa, pois conhece cada pedra do seu leito. É como se... nos tivéssemos conhecido quando o mundo era jovem. E não foi encontro casual, não foi teia de aranha ao vento. Foram noites inteiras de risos e suor, céus de beleza dilacerante, tristezas que cavaram abismos, e palavras que, ecoando como címbalos, deixaram cicatrizes capazes de partir o Himalaia ao meio.

Surya sentiu-se arremessado no abismo — um instante suspenso, onde a terra parecia tremer ao respirar.

Era como cair em silêncio absoluto, onde até os deuses contêm o fôlego.

Sua carne parecia dilacerar-se por dentro, seus ossos vibravam como taças sagradas em ritual.

E, no entanto... estava vivo.

Mais do que vivo — num estado de fragrância, como um perfume da vida. Era estranho aquilo.

Não era paixão o que o consumia, mas o estilhaço luminoso de algo que vinha de muito antes do tempo.

O eco de uma substância primordial, anterior aos nomes, anterior aos corpos — uma dança que começou na aurora do cosmos, agora incendiando-lhe o sangue.

Uma memória atávica — sem rosto, sem palavra — pulsava em suas veias como um mantra esquecido retornando de um sono milenar.

E então, num clarão de consciência, Surya mergulhou no Ramayana.

Viu Sita e Rama no instante do primeiro olhar.

Não como lenda distante, mas como espelho do agora.

No cruzar dos olhos, o universo havia se curvado.

Não era apenas romance.

Era *Dharma*.

Era o colapso das eras em um só momento de reconhecimento absoluto — dois espíritos, moldados por ciclos distintos, reencontrando-se no ponto silencioso onde todas as jornadas cessam.

Como dois rios sagrados, nascidos em flancos opostos do *Kailash*, que depois de milênios de peregrinação, se reconhecem e se fundem no abraço do oceano — um oceano que não separa, mas dissolve toda ilusão de separação.

Ali, diante dela, Surya compreendeu com toda força: alguns encontros não vêm do tempo — vêm da eternidade.

Lakshmi.

Apenas um nome — mas quando ecoou nos ouvidos de Surya, algo o subverteu de seus votos. Aquele encontro não era acidente nem coincidência; era uma revelação disfarçada de casualidade. Ele resistiu, é claro. Como todos que temem a luz que os expõe. Porque sabe: o que se esconde no escuro nos controla, mas o que se traz à consciência nos transforma.

Lakshmi não era um desvio em seu caminho.

Era o próprio caminho se revelando.

"Mas o que fazer?" Refletiu um pouco, diante do olhar da jovem, que como dois cristais iridescente transtornavam mundos. Por fim, disse:

— Se ainda me é permitido recordar tua essência, não ouso chamar de ilusão esta verdade que também me devora. Inclino-me perante ela, como diante de todos os mistérios sagrados — pois atravessei séculos e reinos, e ainda te reconheço. E embora estejamos agora em mapas diferentes do existir, reconheço-te no fogo que nos une, nas águas primordiais em que nossas almas mergunlham.

Ela respirou de forma profunda, como quem finalmente se reconhece na paisagem. E fez uma leve inclinação com a cabeça.

— Até hoje, todas as coisas deste mundo se organizavam como os objetos nesta loja — belos, palpáveis, compreensíveis em sua quietude. Mas você é a tempestade que arrasa o mosteiro da minha razão. Como uma árvore sagrada que irrompe entre os claustros, suas raízes, ainda que piedosas, despedaçam alicerces milenares. Sua sombra obriga o sol a curvar-se diante do que permanece oculto; sua presença costura a terra ao divino. E esse paradoxo me consome — doce e terrível como néctar envenenado.

Ele fez uma pausa e olhou em volta, tudo que os cercavam eram as mercadorias mais preciosas e ricas daquele comerciante.

— Você não tece ilusões. Quem dera fosse assim, moça. Lembro-me do tigre que encontrei na floresta, quando era jovem — seus olhos eram menos selvagens que os teus. Era uma divindade de pelo e músculo, e eu, criança, reverenciei-o como a mais pura força da terra. Deitou-se ao meu lado, e juntos contemplamos o mais ardente pôr do sol da minha infância. Partiu sem olhar para trás. Quando contei aos monges e colegas, riram sem malícia, certos de que fantasiei a história. Com o tempo, eu mesmo passei a duvidar. Agora sei: foi verdade. Mas aquele tigre, em toda sua pureza selvagem, não era nada comparado a você. Pois você é algo tão puro que transcende como algo selvagem. E então me pergunto: como pode o que é puro dilacerar-me mais profundamente que todas as garras do mundo? Como pode o que é puro ferir mais que todas as garras da Terra? Entendo agora o destino não como força externa, mas como sol escaldante que derrete todas as minhas referências. Minha vida, antes tão ordenada em deveres e meditações, agora é caos diante do diamante dos teus olhos — onde vejo a luz sofrer e transmutar-se em realeza. Há nesse olhar uma força que me desaloja, que me coloca diante do abismo do meu próprio ser.

Surya a olhou com mais intensidade que não pretendia, sentia-se desnudo ali.

Mas ela com a ternura que forja o amor maior disse:

— Que tua mão não pese sobre ti como uma espada, — disse ela, com a voz tão suave quanto o último suspiro do entardecer, — pois se te ferires, que não seja por minha vontade, e se por minha causa, que seja sem intenção, já que jamais desejei trazer aflição à tua alma; mas toda verdade profunda carrega consigo o peso do que é soberano e real, e não se desfaz como as vontades volúveis dos homens. Porém, se este destino que nos enlaça trouxer perdas, que recaia sobre nós o que for necessário, mas que não se manche aquilo que é imortal em nossas essências, pois mesmo que o tempo nos fira e as circunstâncias nos separem, que não se perca o silêncio onde o amor, mesmo oculto, permanece sagrado.

Seus olhos baixaram, sombras alongando-se como dedos de crepúsculo.

— Se o amor é silêncio onde repousa o eterno, então que em mim ele permaneça como a chama que não consome, mas ilumina o interior da caverna, pois mesmo que minha mão tremesse sob o peso do destino ou minha alma sangrasse na travessia entre o que desejo e o que devo, que eu não recue, pois não há espinho maior do que negar o que reconhece o coração no instante em que o véu se rasga e revela não o desejo dos sentidos, mas o reconhecimento da essência — e se entre nós há perda, que ela nos purifique; se há dor, que ela nos desperte; e se há separação, que ela não seja ruptura, mas intervalo entre dois sopros do mesmo vento, pois mesmo que eu caminhe pelas veredas do Dharma dos monges e tu pelos caminhos do mundo, que nossas almas, como dois mantras nascidos de uma mesma sílaba sagrada, sigam ressoando uma na outra, até que o tempo se curve e nos devolva à unidade onde nenhum nome mais é necessário.

Ela baixou as vistas, os olhos marejaram. Sentiu-se perdida e encontrada ali. Contudo, recompondo-se com avidez e urgência.

— Sim, o Dharma nos arrasta como rio implacável. Fazemos o conveniente, o justo, mesmo quando o coração sangra. Mas surpreende-me encontrar-me igualmente desnorteada — fui capturada por este redemoinho tão impensável quanto a lua cair do céu. Mas o que posso fazer a não ser assistir ao espetáculo, pertencendo-me mais do que outrora?

Um tremor percorreu suas delicadas mãos ao confessar:

— Meu pai quer entregar-me em casamento a um príncipe de linhagem impecável. Por algumas vezes, já tentei dizer-lhe que preferia o caminho solitário das monges, mas seus ouvidos são como portas de bronze fechadas. Assim sigo o curso traçado... sem deferência ou amizade a dor, até que hoje, neste instante roubado ao tempo, encontro-te - e é como contemplar pela primeira vez os picos sagrados dos Himalaias, compreendendo subitamente o que é verdadeira grandeza.

Seu olhar adquiriu a intensidade do fogo sagrado. Surya então como se não conseguisse ficar sem dizer, olhou nos olhos dela e verbalizou:

— O tigre da minha infância, de olhos dourados e silêncio de uma divindade, foi meu primeiro mistério. Você é o último. Simplesmente sei disso!

— Este dia será gravado em meu ser como o mais importante de minha existência. Não posso negá-lo - nem a ti, nem a mim mesma. Pois eu... eu havia abandonado toda esperança. Anos me arrastando como folha seca ao vento, seguindo os ditames do mundo. E eis que quando menos esperava... aqui estamos.

A voz reduziu-se a um sopro quando ouviu passos aproximando-se e disse: "Preciso partir. Meu pai vem." Com rapidez surpreendente, compôs seu rosto num manto de serenidade quando o ancião entrou. "Ainda estou indecisa sobre as peças, amado pai. Preciso de outro dia para escolher com o cuidado que tais tesouros merecem, se não atrapalhar seus negócios e afazeres que sei, são muito caros e relevantes. Não quero ser um peso para seus dias atribulados e merecedores de sua atenção plena."

O pai, homem de barba prateada como os sábios dos antigos, assentiu com paciência. "Voltaremos amanhã então, minha filha, não me pesa em nada, além disso, tenho que voltar nesta parte da cidade para alinhar certos negócios, Varanasi revela mistérios preciosos no comercio ." Ao saírem, ela lançou ao monge um último olhar — mensagem silenciosa mais eloquente que todos os poemas já escritos. Nos degraus da loja, enquanto o sol poente tingia as nuvens de dourado, o coração de Surya batia como tambor de templo em ritual ancestral. O verdadeiro comércio desta tarde não fora de objetos, mas de destinos entrelaçados.

Para Surya, aquele havia sido ao mesmo tempo o pior e o melhor dia de sua vida. Sentia dentro de si uma vastidão impossível de descrever, como um mar revolto que se choca contra pedras imensas. Desejava profundamente falar com o mestre abade — o único cuja presença lhe traria a calma que agora tanto ansiava. O mestre, com sua voz serena como o som de uma prece distante e bela, saberia dissipar aquela tormenta interior com poucas palavras, talvez apenas um olhar.

Mas o mestre estava longe, tão distante quanto os presentes do mercador Kabir, cuja lamparina, esfera de cristal e japamala — presentes que guardava como relíquias — costumavam acalmá-lo em noites de incerteza. Agora, nem a luz daquele pequeno fogo interior parecia alcançá-lo.

Surya buscou refúgio no templo. Participou de uma meditação coletiva no grande salão, onde o silêncio dos monges se misturava com o leve som das folhas se movendo ao vento. Por algumas horas encontrou certa paz, como quem alcança a margem de um lago após quase se afogar. Mas quando retornou à cela solitária, os pensamentos voltaram com a força de um vendaval — cada lembrança do encontro com Lakshmi golpeando sua mente como sinos tocados por mãos invisíveis, tão próximos que a cabeça doía.

Todos os anos de preparo no mosteiro, todo o caminho trilhado na senda budista, pareciam ter-lhe falhado justamente naquele ponto. Não porque lhe faltassem virtudes, mas porque jamais havia conhecido algo tão belo... e tão doloroso. Um abismo aberto entre ele e ele mesmo.

E foi então que o sono veio — como um monge silencioso que apaga a última vela do templo, e a luz dorme em seu próprio silêncio sem nunca se apagar.

E nesse sono, Surya teve o sonho mais vívido de sua vida.

Estava sentado sobre uma pedra, no alto de uma montanha. Abaixo, como em um mapa vivo, estendiam-se várias vilas, envoltas por neblina clara, mas sob um luar magnifico, como ele nunca vira antes. A paisagem onde se encontrava era também uma clareira bastante simétrica —e lá embaixo como se o mundo inteiro tivesse se configurado ao mesmo tempo em forma de mandala. Comemorava-se o nascimento, iluminação e passagem do Buda naquelas vilas. Ele sabia.

De repente, surgiram três tigres ferozes, os olhos ardendo como brasas vivas, e vinham em sua direção como sombras carregadas de intenção. No mesmo instante, por outro lado, surgiram três tigres mansos, de pelagem clara e olhos profundos, que se deitaram ao seu lado como antigos companheiros. Por fim, apareceram outros três — silenciosos, impenetráveis, nem mansos nem hostis — que simplesmente se sentaram à sua frente, observando o horizonte, onde o sol ainda não havia nascido. Era apenas a hora rosada, quando o céu se tinge de promessa com seus dedos cor de rosa.

Os três tigres ferozes começaram a circular em torno de Surya, rugindo baixo, como se estivessem em conflito entre atacá-lo e venerá-lo. Os três mansos permaneceram firmes ao seu lado, em postura tranquila, enquanto os três neutros, os mais misteriosos, fitavam o nada, talvez fitando tudo.

Aquela dança simbólica — os nove tigres, suas naturezas opostas e complementares — permaneceu durante toda a noite, como se o sonho fosse uma longa meditação cósmica. E ao fundo, como uma canção que só o coração ouve. Não raro, os olhos de Lakshmi se misturavam ao silêncio da cena. Ela não estava ali em forma, mas em presença. Era a sabedoria interna dele, sua força esquecida e recém-descoberta, manifestada nos olhos de uma jovem que, sem querer, havia aberto a porta entre os mundos.

Entre o sono e a vigília, Surya hesitou, seu corpo ainda pesado, sua mente adormecida. Mas no âmago do seu ser, algo ancestral e silencioso há muito tempo despertara.

Aos poucos, como quem emerge das profundezas de um lago noturno, Surya deixou a névoa dos sonhos e assentou-se devagar na esteira da cela. O silêncio ao redor era absoluto, mas dentro dele ecoava um sussurro mais claro que qualquer escritura sagrada. Os tigres não eram meros símbolos: eram verdades desveladas.

Os três tigres ferozes eram os impulsos que ele havia tentado subjugar por anos — a paixão, o medo, a dúvida. Tinham surgido com violência porque haviam sido ignorados, mas agora o reconheciam como algo mais do que um monge — viam-no como um homem inteiro, capaz de enfrentar o fogo e a luta sem fugir dele.

Os três mansos eram os aspectos do seu ser que já haviam sido cultivados: a compaixão, a escuta, a paz. Eram a base sobre a qual seu caminho havia sido construído, e estavam ali, fiéis, mesmo diante da tormenta.

Mas foram os três tigres neutros que mais o impressionaram. Não se moviam por desejo, nem por temor. Simplesmente estavam. Eram o centro. O Dharma puro. E ao se colocarem entre o horizonte e ele, mostraram o que Surya precisava ver.

Não havia mais como negar, e ele de fato não negara, por isso os tigres apareceram com tamanha clareza: o encontro com a jovem não fora um acidente. Era um ponto de virada, um chamado. Ela não era uma distração do caminho, havia uma legitimidade em tudo — era o próprio caminho se desdobrando de forma inesperada.

E assim, com o coração acelerado mas a mente clara como o céu da manhã, Surya entendeu: precisava encontrá-la novamente. Não para resolver um desejo, mas para honrar um destino. Havia algo que só poderia ser compreendido no espaço entre os dois, e negar isso seria desrespeitar tudo, o próprio *Dharma* — e tudo o que ainda precisava aprender.

Aquele dia havia começado como o pior de sua vida.

Agora, tornava-se o mais verdadeiro.

No dia seguinte, Surya voltou à loja do comerciante Dinesh como de costume, sua túnica levemente desalinhada pelo vento seco da manhã, mas seus olhos mais calmos do que estiveram em dias. O sol pendia baixo ainda, lançando sombras longas entre os arcos da rua. Havia algo de novo em sua postura — um tipo de presença silenciosa que só emerge após noites de sonhos proféticos. Não era ansiedade, tampouco expectativa: era entrega.

Dinesh, homem astuto, percebeu algo. E nada disse. Tudo fazia pelos lucros, e isso era o bastante de sua vida, sua lógica e destino. Assim, apenas assentiu com os olhos quando Surya atravessou o salão de sedas e jades para tomar seu lugar entre mais dois atendentes. Um tempo depois, Dinesh discretamente chamou Surya para junto da entrada.

O comerciante inclinou-se para frente, os dedos manchados de incenso traçando círculos no balcão de madeira escura.

— Que seja você — e apenas você — a atendê-la novamente, sussurrou ele, com uma voz carregada de um peso que ia muito além do mero comércio. Seus olhos escuros brilhavam com a sabedoria de quem compreende os códigos não escritos entre castas e fortunas. Ela adorou estar aqui. Oh, o que um pai não faria por uma filha amada... Nem todas as estrelas juntas seriam capazes de entender.

Uma pausa, um sorriso quase imperceptível do comerciante.

— Algo a deixou profundamente feliz ontem... e desconfio que tenha a ver com você."

Um aceno de mão, como quem dispensa explicações.

— Mas não importa. Você é um monge — e dos melhores que já conheci.

Surya corou como nunca antes em sua vida.

O homem, no entanto, não percebeu.

— O velho rajah que a acompanha... é um pai zeloso—, continuou, abaixando ainda mais o tom até que suas palavras se tornassem quase um sopro sagrado, e olhando em volta com atenção, — é tão rigoroso quanto um grão-sacerdote examinando oferendas, mas sua generosidade, quando satisfeito, faz até os deuses sorrirem. No ano passado, suas moedas de ouro encharcaram minhas mãos como monções de verão.

Um sorriso ancestral, conhecido apenas pelos mercadores que negociavam nas sombras dos grandes palácios, cruzou seu rosto.

— No último *Diwali*, festival da luz, ele sozinho comprou mais rubis do que todo o conselho de mercadores juntos. Hoje...— , Dinesh ergueu um dedo como quem revela um mandala oculto, — hoje sinto no ar que ele pode superar até mesmo sua própria lenda.

Surya assentiu, levemente surpreso diante da habilidade de Dinesh de mover-se com tanta naturalidade no mundo das coisas tangíveis, como se cada objeto tivesse apenas o valor que os homens lhe davam. Não era maldade, não exatamente — era apenas a marca da vida em que o comerciante havia mergulhado sem reservas.

Minutos depois, ela chegou.

Não como nos sonhos — onde a imagem é cercada por luz e significado — mas como na vida mais prospera: envolta em véus ricos e ornamentais, com o olhar agudo e contido. Ao seu lado, vinha o pai: postura ereta, olhos acostumados a observar o mundo com desconfiança. Antes mesmo de entrar, foi direto ao ponto.

— Ficarei ausente por algumas horas, hoje— disse, com voz firme, mas sem arrogância. — Deixo minha filha sob a responsabilidade do senhor, comerciante Dinesh. Quero segurança à porta, e que ela seja acompanhada apenas por um vendedor. O mais discreto. O mais experiente. E o mais respeitoso. O mesmo de ontem, se estiver a sua disposição.

Dinesh fez uma reverência leve e respondeu:

— Já está providenciado. O monge Surya estará com ela. Ele é nosso mais experiente sábio e sofisticado de nossos atendentes. Discreto como a noite, atento como a aurora. — disse Dinesh bastante motivado, tecendo as palavras com se desenhadas em folhas de ouro.

Mas o pai ainda olhou para Surya por um instante. Como se medisse sua alma em silêncio. Surya por sua vez, parecia estar num estado contemplativo. Então, com um gesto breve de aceitação, partiu. Dois seguranças se posicionaram à porta. E então o salão pareceu encolher, como se o tempo desacelerasse.

Ela virou-se para Surya com um leve arquejo nos olhos.

— É curioso... — disse ela, como se pensasse em voz alta — ...como os caminhos parecem se dobrar uns sobre os outros até se tornarem um só.

Surya sorriu. Suave. Sereno.

— Ou talvez nunca tenham sido dois.

E assim, no meio de sedas, perfumes, pedras preciosas e tapeçarias de todas as cores, os dois se viram de novo — mas agora, como quem retorna, e não como quem chega.

Essa parte da loja se tornou inteira um templo silencioso.

Ali começaria algo que nem os tigres, nem os sonhos, nem os votos podiam conter.

Ela caminhava entre os tecidos com os dedos roçando os bordados como quem percorre memórias. Por um tempo, não disse nada. Surya a seguia em silêncio — não como um vendedor, mas como um iniciado à beira do ensinamento que muda tudo.

Então, entre duas colunas de tapeçarias do norte, ela parou.

— Na noite passada… — começou ela, com a voz baixa, quase como se temesse dar forma ao que ainda queimava no invisível. — Senti como se tivesse tocado um fio que liga os mundos. Eu… não dormi. Ou melhor: dormi e acordei dentro do mesmo espaço — e você estava lá. Em toda parte.

Acordei com os olhos cheios de lágrimas e o coração como se tivesse se aberto para algo vivo… mas que só agora ousava nascer.

Surya não respondeu de imediato. Apenas desviou o olhar para o chão polido, como se buscasse firmeza. Depois voltou os olhos para ela e disse, com uma calma estranha:

— Eu também... tive uma noite estranha. Algo que se entranhou nos meus nervos, rompeu as fibras do meu ser com uma facilidade que me fez duvidar que um dia fui um monge disciplinado. Há verdades que só os silêncios sabem guardar como devem. Mas prefiro dizer a inteira verdade do que submetê-la ao gosto das sombras.

Ela o olhou com atenção, como se esperasse esse tipo de resposta. E então fez algo inesperado: ergueu as mãos até o véu que cobria seu rosto. Seus movimentos foram lentos, quase cerimoniais. Como se retirasse não apenas o pano, mas séculos de distância entre ela e o mundo.

Quando o véu caiu, os olhos de Surya se dilataram. Por um instante, ele esqueceu a respiração, o peso do próprio corpo, a razão de estar ali. Nunca — nem nas visões mais sublimes do mosteiro, nem nas representações idealizadas das deusas nos altares — vira um rosto feminino com tamanha harmonia, delicadeza e poder silencioso. Era como se toda a beleza do mundo coubesse naquele instante. Como se cada traço dissesse: "lembre-se".

E então, sem dizer palavra, ela estendeu a mão e tocou seu rosto com três dedos.

Foi um toque leve, quase etéreo, na curva da face.

Mas Surya sentiu-se como que varado por uma onda de energia sutil e profunda, como se seu espírito tivesse sido arrebatado por dentro. As pernas fraquejaram por um instante. Seu olhar oscilou.

Era como se, por aquele toque, ela tivesse encontrado um ponto de sereníssima paz dentro dele — e mais pela externalidade tivesse acendido ali uma lâmpada invisível que ele nem sabia possuir.

Ela retirou a mão devagar, os olhos fixos nos dele.

— Você sentiu o que não se pode ensinar — sussurrou ela. — E agora, não há como voltar atrás. Nem para você nem para mim.

Surya nada disse. Apenas fechou os olhos por um instante.

Porque se dissesse algo, talvez desabasse.

Porque aquele instante era inteiro demais para palavras.

Ela não desviou o olhar. A luz filtrada pelos véus dourados da loja tingia o ar de um brilho diáfano, e por um instante, o mundo pareceu conter o fôlego. Havia algo pairando entre eles — algo não dito, mas palpável como o tremor no ar antes da tempestade. Então, com uma coragem tão serena que quase doía, ela prosseguiu, a voz suave e firme:

— Eu escolho a dor disso... nos anos que virão. Escolho conscientemente. E sei que, mesmo assim, este instante selará um tempo que talvez não pese muito no correr da vida. Não me engano — essa correnteza de existências e esquecimentos — mas, neste momento, neste dia, com tudo que sou, posso viver agora.

Fechou os olhos por um segundo. Uma lágrima escorreu. Mas sua voz não tremeu.

— E, se alguma divindade for misericordiosa, que essa memória floresça no meu coração com a força sutil das coisas que não exigem posse. Que venha sem os apegos que corroem, mas com a força silenciosa que sustenta a própria vida.

Ela o tocou com dois dedos. Surya suspirou com um recém-nascido.

— Não lhe consultei, Surya… Mas eu mesma, mesmo não me considerando pronta, ofereço. Perdoe-me por isso. Mas é o que posso dar de prazer e dor. Para mim. Para você. Para esse momento.

Ela respirou fundo, e então, como quem atravessa um limiar sagrado entre mundos, concluiu:

— Eu não planejei. Não caminhei até aqui com uma intenção clara. Mas por essa verdade de hoje… Pelo mistério de ontem… Por este agora em que estou diante de você… Eu fico feliz. Por esta vida. Por viver este mistério.

E, com as lágrimas agora escorrendo livremente, ela disse, como quem entrega o segredo mais íntimo:

— Como você disse ontem... é o seu último mistério.

— Mas você é o meu primeiro e único.

E naquele instante, entre tapeçarias silenciosas e o perfume leve do incenso, o tempo parou de novo.

Surya, ainda tomado por uma comoção que não sabia nomear, inclinou levemente a cabeça. Como em prece. Como em gratidão. Como quem aceita, sem entender, um presente vindo de antes do tempo.

Os olhos dela, ainda marejados ansiavam pelos deles.

Quando os olhos de Surya encontraram os dela novamente, algo os envolveu — um espaço que não era mais aquele recinto terreno. O tempo os largou. A realidade dissolveu-se como areia entre os dedos. E então, sem palavras, começaram a ver. Juntos. A viver, de novo.

Primeiro foi o frio — o vento cortante e a neve cobrindo seus ombros. Eram um casal escondido numa caverna nas montanhas, com vestes rudes e corpos tremendo. Ainda assim, ele a abraçava com todas as forças, e ela o olhava como se sua presença fosse o único calor possível, e carregava nos olhos um afeto imenso. A tempestade rugia, mas ali havia paz.

Depois, o mar — eram ilhéus, navegando em barcos rudimentares sob um céu opaco, as mãos dadas enquanto olhavam, com amor sereno, o horizonte. A ilha estava distante, mas eles tinham um ao outro. E isso bastava.

Num salto abrupto, estavam cobertos de pinturas azuis, guerreiros de uma tribo antiga, talvez celta ou de outra terra esquecida. Dançavam ao redor do fogo antes da batalha. Depois… sangue. Um deles tombava — era ele. Ela, ajoelhada, gritava sem som, seu rosto manchado de dor e tinta. Ficara. Viveu muito. Mas nunca mais sorriu como antes.

Em outra existência, estavam vestidos de tecido simples. Um monge. Uma monja. Encontravam-se nos jardins de um templo, em algum festival religioso. O silêncio entre eles dizia mais que qualquer palavra. Olhavam-se de longe, depois mais perto… e não se tocavam. Mas sabiam. E isso queimava por dentro com uma chama que não podia se apagar nem ser acesa.

Depois, uma visão diferente — ela era sua mãe. Segurava-o no colo com uma ternura tão profunda que fez os olhos de Surya se encherem de lágrimas reais. Ele sentiu o cheiro do leite e do linho, ouviu sua voz cantando uma canção esquecida. Numa outra vida, ele fora o pai dela — e lembrava-se de ensiná-la a caçar, protegê-la da fome, e ver morrer jovem demais, segurando sua pequena mão.

Vieram vidas duras.

Numa, ela o abandonava — por riquezas, por palácios, por promessas de conforto e prestígio. Ele a via partir, sentia seu coração se despedaçar em silêncio. Noutra, era ele quem partia — envolvido por outras mulheres, fascinado por prazeres efêmeros. Ela ficava, quebrada, mas orgulhosa. Porém, nunca o amaldiçoara Sabia de algo, sabia do karma talvez.

Houve uma existência em que se cruzaram numa rua de pedras antigas. Apenas um olhar — intenso, profundo — despertou um reconhecimento súbito, um sobressalto no coração. E então, cada um seguiu seu caminho. Faltaram palavras, faltou coragem. Restou apenas o silêncio de um amor não vivido. Se olharam, se reconheceram e se despediram.

Em outra vida, caminharam lado a lado, sorrindo como jovens enamorados por trilhas floridas. Depois, separaram-se. Outros destinos, outros pares. Mas sempre retornavam um ao outro — como promessa gravada na essência. E reencontram-se nos últimos anos daquela vida, e se casaram. Mas houveram outras vidas, que não estiveram juntos encarnados, mas um do lado espiritual e o outro na vivência terrena.

Agora, era esta vida.

As imagens se diluíram suavemente como nuvens dissipadas ao vento. Estavam de volta à loja. O cheiro de sândalo flutuava no ar. O mundo seguia, indiferente.

Surya piscou, atônito.

Por um momento, nenhum dos dois disse nada. Ambos sabiam. Ambos haviam lembrado. Haviam sentido as cicatrizes e os sorrisos, os começos e os fins. E agora... estavam ali. No mesmo tempo. No mesmo lugar.

— Agora eu entendo — sua voz era um fio de lua, um segredo entre as sombras. — Não foi apenas o que senti naquela noite. Foi tudo o que fomos... tudo o que ainda somos. Como um rio que o tempo não consegue engolir.

Surya permaneceu mudo, suas mãos traindo um tremor quase imperceptível. O ar entre eles parecia carregado de relâmpagos contidos, cada memória uma brasa viva em seu peito. Quando finalmente se inclinou para responder — com a reverência solene de um monge diante de um altar esquecido —, o estrépito de passos precipitados ecoou na entrada maior da loja.

O pai dela.

O homem parou para trocar palavras com o comerciante, suas risadas pareciam demasiado altas criando um contraste cruel com a tensão que agora se espessava no ar, falando que tinha feito um ótimo negócio, considerando um dia de sorte para ele. Cada segundo alongava-se como um fio de faca: eles estavam a menos de um passo de distância, e ainda assim, abruptamente separados.

Então, num movimento brusco que mais parecia uma fuga, ela agiu. Seus dedos dançaram entre os objetos da loja com precisão febril, empilhando-os nos braços de Surya como se aqueles fossem os últimos tesouros do mundo.

— Eu vi tudo — confessou, enquanto uma ânfora de bronze deslizava para suas mãos. — Até as partes que jurei esquecer. Seus olhos encontraram os dele por um instante que valia uma eternidade: — E mesmo assim... escolho este momento. Mesmo que seja a único este instante.

Quando o pai cruzou o portal acompanhado do comerciante, Surya parecia mais um santuário ambulante — pilhas de tecidos, ânforas e pequenos baús precariamente equilibrados em seus braços, um testemunho silencioso de quanto tempo havia realmente se passado.

O velho rajah estudou a cena com um sorriso que não alcançou os olhos:

— Minha pérola da Índia, deixar nosso pobre monge carregando meio bazar? — Sua voz era melíflua, mas o olhar que lançou ao comerciante continha uma ordem. O homem apressou-se a aliviar Surya, seus movimentos repentinamente ágeis ao calcular o valor da transação.

— Perdoe-me, pai. Não percebi...

— Nem eu percebi o tempo passar — interrompeu o rajah, ajustando as mangas bordadas com fingida despreocupação. — Quatro horas negociando com mercadores importantes. Tempo bem empregado, diga-se.

Ela sentiu o chão inclinar-se levemente. Quatro horas? Seu olhar voou para o relógio natural, a sombra da construção no pátio, que havia de fato avançado extraordinariamente desde que chegou ali. O comerciante confirmou com um aceno, evitando seu olhar.

— Estava... tão absorta — murmurou, tocando distraidamente um colar de jade que ainda pendia de seus dedos. O tempo se dobrara como seda sob seus dedos, comprimindo horas em minutos. Enquanto falavam, enquanto seus olhares se cruzavam, enquanto o mundo exterior deixava de existir.

Surya, agora livre dos produtos, e ajudado pelo comerciante a se recompor. Tentava manter-se neutro e confiante, como aprendera em seu treinamento, mas por dentro ainda estava atordoado. Ali, lembrou-se de Ananta, quando avistou um corcel negro num bosque próximo, no momento em que aquele garoto contava sobre a vida passada dele. No entanto, o que havia acontecido entre ele e Lakshmi fora algo completamente diferente.

Naquele instante, ele compreendeu que não era mais apenas um monge — Ele se tornara, enfim, um homem do mundo também.

O véu também foi retirado de seu rosto — puxado por ela, Lakshmi. E o rosto de monge, que o protegia, também caiu... Ainda havia algo do monge dentro dele, revolvendo-se como águas antigas, mas ele fez o que seu treino sempre ensinou: manter-se sereno e presente. E isso, ao menos por um instante, ele conseguiu.

Enquanto isso, assistia a uma conversa entre o rajah e o comerciante. Lakshmi porém, o olhava de soslaio — um olhar intenso, exigente e aflito, como se quisesse dizer algo, mas não pudesse mais. Já não havia espaço para palavras entre eles naquele momento. Restava apenas o silêncio. Então, diante de tantas coisas e produtos à sua frente, Lakshmi começou a chorar. Um choro profundo.

Ela não chorava pelos objetos. Chorava por tudo o que estava além deles — por aquilo que era falso e vazio, pela tensão contida naquele momento. Era um choro verdadeiro, um transbordamento da alma.

O pai, em meio à conversa animada, logo percebeu que a filha ficara profundamente abatida.

— O que foi, Pérola da Índia? — perguntou com ternura. — Alguma coisa que ainda deseja?

— Eu... vou comprar tudo — respondeu ele, olhando também para o comerciante. — Levo todos esses produtos. Fique tranquila.

— Ah, pai... — disse ela, tentando conter as lágrimas. — Pai amado... não sei se escolhi certo. Me distraí... tudo parecia tão belo. Mas vejo agora que há outras coisas ainda mais belas... Só que não dá pra levar a loja inteira, eu sei...

O pai, ainda de bom humor, sorriu.

— Hoje o tempo acabou, minha filha. Mas amanhã voltamos. Você pode escolher mais, ou até trocar algo, se quiser. Vai ser um momento mais breve, apenas uma passagem. Está bom assim?

Ela, mesmo sem conseguir parar de chorar, assentiu, fazendo um esforço para que o pai entendesse que aquele choro não era desespero, mas gratidão.

— Meu amado pai... eu não sei o que fiz para merecer um coração tão bom como o seu...

E assim saíram juntos, conversando sobre os afazeres do outro dia. Ela não pôde se despedir de Surya.

O comerciante, depois que eles partiram, parecia aliviado — e satisfeito com a venda volumosa.

— Eu sabia! — exclamou o comerciante, esfregando as mãos com entusiasmo. Sabia que você tinha o dom! Seus olhos brilhavam como moedas ao sol enquanto avaliava a pilha de mercadorias vendidas. — Você é, sem dúvida, o melhor negociante que já pisou nesta loja! Olhe só esse feito...

Aproximou-se de Surya com um passo animado, voz baixa e conspiratória:

— Um talento desses... é pecado desperdiçar entre muros de um mosteiro. Seu dedo acentuou cada palavra no ar, como aliás era o costume do comerciante. — Tino natural para negócios, paixão pelo comércio, conhecimento rápido como uma ave de rapina sobre cada produto... — Fez uma pausa dramática, olhando em volta antes de sussurrar de modo exagerado: — E esse jeito de convencer até as pedras a comprarem água! Já pensou? Com um parceiro como eu, você seria rico antes da próxima lua cheia!

Surya sorriu, mas seus olhos permaneceram distantes, como se o elogio tivesse que viajar léguas para alcançá-lo. O comerciante, compreendendo a indiferença, murmurou sobre afazeres e afastou-se, seus passos pesados marcando o fim da conversa, afastou-se arrastando os pés como quem deixa um banquete inacabado, mas o ânimo da venda bem-sucedida ainda lhe coloria as faces, transformando sua retirada numa espécie de vitória marchada.

Surya retornou ao mosteiro com o olhar perdido em horizontes invisíveis. Caminhava como quem atravessa uma ponte entre dois mundos — os pés ainda tocavam a terra sagrada da rotina monástica, enquanto o espírito vagava por territórios onde a memória reinava soberana e os sentimentos se moviam como vassalos aguerridos. E, no entanto, ao contrário de outras vezes, não havia inquietação em seu peito. Havia, sim, uma pacificação da mente, enquanto as emoções fluíam como correntes de ar pelo céu, sustentando as pipas coloridas dos elos emocionais.

Era um silêncio entre descobertas, sem assombro ou exigência. O desassossego acomodava-se na teia da existência com uma naturalidade que antes lhe era estranha.

Participou da meditação coletiva com devoção serena. Seus gestos eram os mesmos de sempre, mas sua presença ali era mais terrena — como se uma parte dele tivesse despertado para um novo modo de estar, tal qual a pausa de um sino após o último toque. Sentou-se, respirou, e permitiu-se dissolver na repetição das respirações, no eco dos mantras, no calor discreto das lamparinas. Queria desaparecer junto com tudo o que era agora, embora essa plenitude que sentia ainda vacilasse, tênue e incipiente.

Ao retornar à sua cela, percebeu o peso doce do cansaço. Era um esgotamento diferente — não das tarefas do corpo, mas das revelações da alma. Despiu-se da túnica com lentidão, como quem se liberta de uma pele antiga, e deitou-se sem resistência. Nenhum pensamento o importunou. Nenhum medo, nenhum desejo urgente. Apenas o peso do agora.

No dia seguinte, Surya chegou à loja do comerciante Dinesh com o semblante mais sério. Passadas cerca de duas horas, o rajah apareceu, agora com expressão mais tensa e apressada. Parecia que o entusiasmo do dia anterior já se dissipara diante das pressões do tempo e da realidade do retorno iminente. Ainda assim, honrou a promessa feita à filha. Conversou brevemente com o comerciante, pagou pelos produtos adquiridos anteriormente e ordenou que fosse fornecido à filha tudo o que desejasse e já acomodasse para viagem tudo.

— Minha querida Pérola da Índia — disse à jovem — você precisará escolher com rapidez. Não temos muito tempo. Partiremos antes do meio-dia.

Falou ao comerciante para garantir a segurança da filha como fizera anteriormente, e, com passos largos, desapareceu entre os transeuntes da rua.

Dinesh então chamou imediatamente por Surya e confiou-lhe a tarefa de atender Lakshmi. Levou-os a uma seção mais reservada da loja, onde os objetos mais raros e valiosos estavam expostos, e disse:

— Leve-a àquela ala. Ali estão os itens mais especiais. Se ela se encantar por algo ali, valerá a pena.

E assim os deixou.

Na parte mais recuada da loja, cercados por sedas finas, artefatos raros e pequenos relicários esculpidos à mão, havia um silêncio envolvente. Lakshmi olhava ao redor com atenção serena, mas seus olhos buscavam mais os de Surya do que os objetos. Falaram então de pequenas coisas — de lembranças, impressões, visões de futuro. Os olhares se tocavam mais do que as palavras. E o tempo passou rápido, fugidio.

— Lakshmi — começou ele, a voz quase trêmula, como se as palavras pudessem quebrar-se ao toque do ar, ou ainda, alguém o pudesse ouvir. — Eu passei por algo que nunca antes havia sentido. Não foi apenas uma vivência ... foi uma travessia. Comigo mesmo, talvez. Uma parte escondida, adormecida em mim, despertou. Foi como atravessar uma névoa que eu nem sabia que estava diante dos meus olhos.

Os olhos de Lakshmi se incendiaram como dois faróis.

— Você é como uma estrela — não aquela que brilha no céu noturno, visível a todos, mas a que habita o lago mais fundo da alma, revelando-se apenas quando a água está em paz. É nesse instante de quietude que ela aparece — tênue, verdadeira, infinitamente próxima. E eu percebi... que foi junto a você que essa estrela se acendeu. Que é em você que eu vejo meu próprio reflexo mais sincero. Contudo... — Surya vacilou... sua voz decantou o silêncio dos domínios difíceis...

Surya, então, começou o que não sabia se conseguiria falar: a despedida daquele momento.

Baixou os olhos por um instante, como quem reverencia o próprio coração antes de expô-lo. Respirou fundo, como se precisasse reunir coragem nas profundezas do peito.

— Precisamos nos despedir — disse, e a voz saiu mais baixa, como um adeus adiantado. — Nossos caminhos são vorazes e possessivos. Não por escolha... mas por necessidade e *Dharma*. Cada um, talvez, está como o rio que não pode parar só porque encontrou um lugar onde sentiu paz.

Seu olhar reencontrou o dela, e nele havia gratidão, dor e algo mais tênue, mas também uma clareza: reconhecimento. O reconhecimento de que, mesmo na partida, algo permaneceria. Uma marca não feita pela posse, mas pelo encontro verdadeiro.

— Você foi minha travessia — concluiu, num sussurro quase reverente. — E por isso mesmo, creio, também precise ser meu novo horizonte, ainda que eu nunca chegue a alcançá-lo. Uma paisagem iluminada pelo sol que me guie nos dias mais escuros... e assim possamos seguir.

Antes que ele terminasse, pela terceira vez, naquela hora da despedida, ela se aproximou de repente, tão perto que a espessura de uma corda teria dificuldade em passar entre os dois. Então, abaixou o véu do rosto e, com delicadeza, colocou o dedo indicador sobre os lábios de Surya. Em silêncio, percorreu o centro da sua boca como quem traça um sutra invisível, depois retirou o dedo e o levou levemente aos próprios lábios, beijando-o suavemente.

— Eu entendo — disse ela, com voz baixa, mas firme. — Mas, para mim, não é uma despedida. Como se despedir daquilo que jamais se ausenta? Não importa a distância. Tenho a certeza gravada fundo em mim, como um selo de fogo: nos encontraremos novamente. Quando? Onde? Não sei. Mas haverá reencontro.

Surya ficou imóvel, tomado por uma emoção intensa que quase o fazia vacilar e perder a compostura. Seus nervos de monge não valiam mais nada no mercado da temperança.

Quando o rajah retornou, veio com ainda mais pressa do que na chegada. Lakshmi escolheu um último objeto e entregou a Surya que já segurava outro. E se recompôs com agilidade. Surya partiu na frente e foi ao encontro do pai, levando as duas peças escolhidas. Entretanto, dessa vez, o rajah o observou com certa irreverência. Mas, em vez de demonstrar qualquer desconforto, o rajah fez algo inesperado.

Aproximou-se, lançou um olhar à filha, e então voltou-se a Surya:

— Fico satisfeito quando tratam tão bem da minha filha. Ela é... uma pérola para mim. Eu desejo que ela seja muito feliz. Já vieram muitos pretendentes, mas... só aceitarei que se case com um príncipe.

Nesse instante, Lakṣhmi e Surya entrelaçaram rapidamente os olhares com toda desfaçatez de um tigre a noite dentro das folhagens. E, como da outra vez, algo os envolveu. Não era imaginação, não era sonho — era visão. Ambos viram, clara e misteriosamente, uma cerimônia de casamento em terras distantes. Havia colunas de mármore, tecidos dourados, flores caindo do alto como bênçãos do céu. Mas o semblante deles era ambíguo: não havia tristeza, tampouco júbilo. Era um olhar que compreendia o peso e a grandeza de um destino já escrito, mas ainda não vivido.

O rajah continuava a falar, talvez sobre alianças políticas, dotes, ou reis distantes. Mas nem Lakṣhmi nem Surya mais o escutavam. Estavam fixos naquela imagem interior, como se os dois tivessem sido puxados para um plano entre o tempo e o espaço.

Então, Surya inclinou levemente a cabeça, com uma reverência quase sacerdotal, e disse com serenidade:

— Com toda a certeza, ela se unirá a um príncipe, senhor. É destino.

Lakṣhmi estremeceu por dentro. Aquela frase — dita assim, com tanta segurança — sova como profecia para ambos. Mas também como um véu que se fechava entre os dois. E, mesmo sem querer, ela sentiu que seu coração havia sido entregue ali, definitivamente. O resto seria apenas um teatro existencial.

O rajah assentiu e, satisfeito, partiu com passos decididos, chamando a filha com um gesto apressado da mão.

Ela o seguiu, mas antes de sair da loja, virou-se uma última vez. O olhar que lançou a Surya carregava algo difícil de descrever — um pedido mudo, um eco de eternidade. Surya não respondeu com palavras. Apenas levou a mão discretamente ao centro dos lábios, onde ainda sentia o toque dela, e fez um leve gesto com a cabeça. Um selo silencioso.

Quando ela desapareceu entre os tecidos da saída, o mundo pareceu mais opaco.

O resto do dia transcorreu em um silêncio espesso. Dinesh, o comerciante, notou.

— Surya... seu silêncio hoje tem outra qualidade. Algo a ver com a filha do rajah?

Surya apenas olhou, como quem volta de muito longe. Não respondeu. Não porque não queria, mas porque não sabia como.

Dinesh apenas balançou a cabeça, como quem entende bem o significado do não dito naquela situação. No fundo, não se importava com nada daquilo, foi apenas um questionamento prosaico de que logo esqueceria.

O Retorno do Lótus Feminino

A viagem de volta foi longa, mas silenciosa. Os mercadores falavam entre si, riam, trocavam histórias triviais — mas Surya seguia como um monge entre as palavras do mundo, presente, mas não envolvido. Servil e companheiro, porém sem profundidade. Quando avistou finalmente os portões do mosteiro em sua terra natal, algo se moveu dentro dele — não exatamente alívio, tampouco alegria. Era um retorno... mas não ao mesmo ponto de onde havia partido.

Agradeceu aos homens e atravessou o pátio de pedras claras, sentindo sob os pés a textura conhecida de casa. Seu primeiro impulso foi procurar o mestre abade. Queria falar, ouvir, talvez calar diante de alguém que o compreendesse sem perguntas.

Mas soube por um dos irmãos que o mestre partira há alguns dias, para uma peregrinação. Ficaria fora por tempo indeterminado.

Uma pequena decepção o tocou — não dolorosa, mas nostálgica, uma falta de sorte, embora isso não existisse. Como uma nuvem que encobre o sol justo quando o viajante chega exausto. Mesmo assim, curvou levemente a cabeça em aceitação.

Retornou à sua cela em silêncio. O espaço estava como deixara: simples, limpo, permeado por um leve cheiro de madeira seca e óleo de sândalo. No canto, repousavam as três relíquias presenteadas por Kabir: a esfera de cristal, o japamala, e a lamparina a óleo.

Ao vê-las, seu coração desacelerou. Aqueles objetos — simples e sagrados — pareciam saber mais sobre ele do que ele próprio. Como se, de alguma forma misteriosa, guardassem fragmentos de sua verdadeira natureza. Ajoelhou-se diante deles, tocando primeiro o cristal, depois as contas do japamala, por fim a lamparina, que acendeu com mãos firmes.

A chama oscilou no ar, e naquela luz trêmula ele sentiu, pela primeira vez desde a despedida, que um pedaço dele voltava ao seu lugar. Como se aquelas relíquias não o curassem... mas o reconectassem.

Nos dias seguintes, entregou-se ao trabalho do mosteiro com dedicação total. Varreu os corredores, preparou infusões medicinais, cuidou das hortas e dos arquivos de manuscritos. O silêncio do lugar não o oprimia — ao contrário, parecia acolher suas perguntas sem pressa de respondê-las.

Todas as noites, antes de dormir, sentava-se em frente à lamparina acesa e revia os momentos com Lakṣmi: o toque do dedo nos lábios, o véu abaixado, as palavras que não se apagavam da memória. Repetia os acontecimentos não com ansiedade, mas como quem observa um vitral ao entardecer, buscando o ângulo certo para entender como a luz atravessa o vidro.

Era inevitável: ele não era mais o mesmo. Não que houvesse rompido com sua essência — mas algo se deslocara, se abrira, como uma flor que mesmo arrancada continua exalando perfume.

Os ensinamentos de Kabir agora ressoavam com uma nova profundidade. Ele não buscava respostas. Buscava inteireza. E sabia, no fundo do peito, que a aparente ausência de Lakṣmi era apenas um intervalo. Um ciclo entre o visível e o invisível. Como a chama da lamparina: às vezes oscilava, quase se apagava, mas nunca deixava de arder. Só não sabia quando e como.

E assim, entre o silêncio, o trabalho e as relíquias, Surya curava-se. Não com o esquecimento, mas com a aceitação do mistério. O budismo lhe havia ensinado a mente pode ser um templo ou uma prisão, para todos os efeitos é uma escolha nossa.

O Destino do Ontem no Amanhã

Certa manhã, Surya estava em meditação na ala leste do pátio do mosteiro, onde as pedras se abriam para o vale. O sol ainda não havia atingido seu zênite, e o ar era fresco, rarefeito, como se as montanhas respirassem junto com o mesmo.

De repente, seus olhos entreabertos captaram um movimento ao longe:

Ele avistou, à distância, na parte baixa do vale, um cavaleiro avançando com velocidade feroz. A poeira erguida pelas patas do cavalo era tamanha que parecia uma nuvem viva, e a visão tinha algo de onírico — como se não fosse apenas um homem vindo... mas o próprio destino em movimento.

Surya continuou em silêncio, porém algo nele se movia. Sentiu — antes mesmo de saber — que aquela aproximação tinha a ver com ele. Não era apenas um visitante ou um mensageiro. Era um chamado. Como se a vida, que até então parecia lhe acontecer em ciclos de contemplação e serviço, estivesse agora vindo ao seu encontro com as rédeas soltas.

E estranhamente, Surya não temeu.

Desde o adeus silencioso de Lakṣmi, ele já não era mais o mesmo. Não havia medo real, apenas uma clareza limpa e firme como pedra lavada pela chuva. Aquela mulher, aquele instante em que o tempo parou — ela o havia transformado. E por mais misteriosa que fosse sua partida, a luz que deixara dentro dele era mais forte do que qualquer sombra do mundo.

Ele pensou:

"Depois dela, nada me abala mais. Nada me dissolve. Porque, no íntimo, já me reencontrei."

E mesmo assim, algo o chamava. Como se houvesse uma raiz antiga, ancestral, se reerguendo dentro de si. Uma história que ele não vivera, mas que vivera nele desde o nascimento. A visão do cavaleiro que vira na presença de Ananta, não tinha relação com o próprio Ananta, agora sabia. Era algo mais profundo: o cavalo negro que ele vira ao longe era o dele. E Ananta, por mais luminoso que fora, havia sido apenas um espelho — belo, mas rarefeito, incapaz de revelar a face inteira do destino naquele momento. E mesmo sua promessa feita na partida de Ananta foi ingênua. Era apenas uma âncora feita de vento. Ananta era um sinal para ele, Surya. Um confronto.

Naquele momento, Surya compreendeu:

"Não é o passado que vem me buscar. É o futuro."

Saiu do estado meditativo com lentidão e se ergueu como quem já sabe a direção. Foi até a sala do Mestre Abade, agora de volta ao mosteiro há algumas semanas. O cavaleiro certamente já havia chegado, e não tardaria a ser chamado.

Antes que chamasse, Surya foi até o Mestre.

— Com licença — disse à soleira.

O mestre abade, erguendo o olhar com leve surpresa, respondeu:

— Ah, é você, Surya... que bom, que veio. Ia pedir para chama-lo com certa urgência.

Surya, firme, apenas respondeu:

— Na verdade, mestre, eu já sei. Esse mensageiro veio por mim — e olhou para o homem com profundidade.

O abade o fitou por alguns segundos, como quem vê uma flor se abrindo fora do tempo. Fez uma pequena mesura silenciosa e saiu, deixando Surya sozinho com o cavaleiro.

O homem, de olhos escuros e postura marcial, não parecia comum. Havia nele o cansaço de uma longa jornada e a urgência de uma missão maior que ele próprio.

Curvou-se breve e cerimoniosamente. Então, Rudra fixou o olhar em Surya, a voz grave carregada de um peso ancestral:

— Você é filho de um rei, Surya. Um príncipe de sangue legítimo. Seu pai, o príncipe Aryan, era o herdeiro de um reino antigo, escondido bem ao sul dos Himalaias. Mas o destino foi cruel. Quando ele ainda era jovem, o irmão mais novo de seu avô — seu tio-avô — assumiu a regência como protetor do trono.

Parou para respirar.

— E então, traiu todos. — Falou com gravidade. — Com astúcia e ambição, usurpou o poder, aprisionou seu pai e enterrou a verdade sob mentiras. Mas havia um segredo que nem mesmo o usurpador conseguiu apagar. Seu pai, antes de ser capturado, havia se casado em segredo com Ishani Kiara — sua mãe. A corte leal, os últimos guardiões da linhagem real, escondeu a existência dela... e depois, o seu nascimento. Poucos sabiam. Muito poucos. Mas os mais leais e honrados do reino.

Rudra fez uma pausa, os olhos perdidos no passado.

— Eu mesmo estive aqui, há vinte anos. Não vi você nascer, mas soube da sua história e como foi parar no mosteiro. E jurei que um dia você conheceria a verdade, caso fosse seguro e oportuno.

O silêncio que se seguiu era pesado como o destino que agora repousava sobre os ombros de Surya. Ele permanecia em silêncio, mas algo pulsava fundo em seu peito. Como se memórias ancestrais, até então adormecidas, se erguessem no sangue.

— Seu pai morreu pouco anos depois, com suspeitas de envenenamento lento. Mas ninguém jamais descobriu a verdade sobre a morte do príncipe Aryan... Por outro lado, nem o tio usurpador soube de sua existência, Surya. O segredo foi guardado por esses anos todos. Até agora.

— Há pouco tempo, o último dos filhos do usurpador faleceu em batalha. O outro desapareceu e foi encontrado morto. A linhagem usurpadora se extinguiu. Então, o segredo ressurgiu como uma semente rompendo o solo, e com todo o potencial de esperança. O reino está ferido de todo o jeito. Mas a esperança é como o sol sobre os Himalaias.

— Vim até aqui como mensageiro dessa verdade, Surya. Há um pelotão de guardas à espera, ocultos no vale, aguardando apenas uma resposta. Você é o herdeiro legítimo. O reino, se desejar, é seu por direito de sangue.

O silêncio entre os dois se fez denso, como as montanhas ao longe. E no peito de Surya, era como a lamparina de Kabir ainda ardesse. Mas agora, a chama parecia iluminar um novo caminho, onde o monge e o rei não eram opostos — mas faces da mesma essência.

Na manhã seguinte à conversa com o cavaleiro, o mosteiro ainda estava envolto em neblina. As pedras úmidas do pátio ressoavam os passos lentos de Surya. Ele trazia consigo apenas o robe simples, o japamala de sândalo escuro, a lamparina a óleo, e a pequena esfera de cristal — relíquias do seu coração.

O mestre abade o esperava junto ao portão do templo exterior, como fazia nos primeiros dias de Surya ali, muitos anos atrás.

Os dois se entreolharam em silêncio.

Surya então se curvou profundamente, tocando o chão com a testa. Permaneceu ali alguns instantes. Quando ergueu o rosto, seus olhos estavam calmos como o céu depois da chuva.

— Agradeço, mestre, por ter me mostrado o espelho, mesmo quando eu insistia em olhar pela janela.

O abade sorriu com suavidade, e sua voz veio mansa como vento entre sinos:

— Surya... o espelho é o próprio caminho. Não há "fora". Nem "janela". O que chamamos de partida é apenas mais um passo no trepidar do tempo.

Fez uma pausa, pousando a mão sobre o ombro de Surya.

— A folha que cai não abandona a árvore. Apenas retorna à raiz, por outro caminho.

— Onde quer que vá, lembre-se: o *Dharma* não está no lugar — está na forma como você pisa o chão.

Surya assentiu com reverência, os olhos baixos, os sentidos abertos.

— Mesmo que o mundo tente me vestir com ouro, tentarei conservar o silêncio das vestes de linho. E quando tudo for ruído, guardarei em mim o som do sino da manhã.

O abade então recitou em voz baixa um verso antigo:

"Assim como a lua reflete na água,

Mas nunca toca sua superfície,

Que você caminhe entre os homens

Sem jamais se perder de si."

Ambos se curvaram uma última vez. Não houve lágrimas. A impermanência era bem-vinda.

Surya atravessou o portão do mosteiro sem olhar para trás. A neblina começou a se abrir como um véu. Ao longe, o cavaleiro o esperava com um novo cavalo — de pelagem cinza, como o céu antes do amanhecer.

O Abade permaneceu de pé por algum tempo, olhando para o caminho que sumia nas montanhas. Depois, voltou-se, entrou no mosteiro e soou o sino da manhã.

Surya chegou ao reino e, ao invés de assumir imediatamente o trono, tomou uma atitude incomum: percorreu todo o território. Visitou os cantos mais selvagens e as regiões mais ricas e pobres. Queria ver com seus próprios olhos a realidade do povo. Encontrou conflitos, ruínas de guerras passadas, fome, desigualdade e muitas feridas abertas.

Mas Surya não era um príncipe comum. A disciplina adquirida no mosteiro e a inteligência prática aprendida com os mercadores moldaram sua ação. Começou reorganizando o comércio: redesenhou rotas, valorizou os produtos locais, reduziu os tributos desiguais e estabeleceu trocas justas. Trabalhou pessoalmente nisso.

Sua rotina era exemplo. Acordava com o nascer do sol e cuidava dos jardins do palácio. Para ele, a beleza externa inspirava a beleza interna. Logo, os súditos o imitavam. Jardins floresciam, casas se tornavam mais limpas e cuidadas, e a harmonia crescia junto ao senso de pertencimento. "Se o rei trabalha a terra, o palácio e o espírito, por que não eu, um simples do povo?", diziam.

Em seguida, instituiu um novo sistema de informações e aproveitamento de recursos. Não permitia desperdícios, nem negligência com a natureza. Criou leis de proteção às árvores, aos rios e aos animais. Fez disso um princípio de governo.

Para primeiro-ministro, nomeou Rudra — o mesmo mensageiro que outrora o encontrara no mosteiro. Homem de poucas palavras, mas de atos firmes, Rudra era tão simples quanto sábio, tão autêntico quanto implacável na justiça.

A escolha incendiou os salões nobres. Murmúrios de desdém, protestos velados, até mesmo ameaças dissimuladas em cortesia — tudo veio à tona. Mas Surya não cedeu um passo ou se intimidou.

"A verdadeira nobreza," declarou, erguendo a voz diante da assembleia, "não se herda — conquista-se. Não está no sangue, mas na retidão." Seu olhar percorreu os rostos incrédulos, fixando-se como uma espada desembainhada. "O usurpador e seus cúmplices são a prova viva disso."

Parte dos nobres, antes inflamados de indignação, agora fitavam Surya com olhos brancos de espanto. Alguns entreabrindo os lábios com cautela no respirar; outros, recuando um passo, como se a própria verdade os empurrasse. Até o vento que vinha das janelas altas pareceu conter-se, temendo perturbar aquela quietude sagrada.

Era o silêncio que precede a tempestade — ou o que resta depois dela. No primeiro ano de reinado, Surya praticamente não descansou. Era incansável. Quando o reino completou um ano e dois meses de renascimento, Rudra lhe disse, com respeito:

— Majestade, chegou o tempo de escolher uma rainha. E de que venha a se graduar em armas como dita a tradição.

Surya sentiu um impacto. Não havia espaço em sua rotina para pensar naquilo — mas bastou um instante em silêncio para que ela voltasse à sua mente: Lakṣmi. Como um sutra gravado na alma, sua lembrança surgia, clara e inevitável.

Então, pediu a Rudra que assumisse uma missão imediata: encontrar o pai de Lakṣmi, um rajá. Deu-lhe as poucas informações que possuía, incluindo um certo comerciante em Varanasi. Sabia que era chegada a hora.

— E quanto aos treinos? — indagou Surya. — E à graduação nas armas?

Rudra riu com amabilidade.

— Majestade, posso lhe oferecer uma recomendação um tanto excêntrica. Há um certo instrutor... imbatível. Mas seus métodos deixam os generais do reino com os cabelos em pé. Ele treina o espírito para a arma — e não o corpo, que para ele é apenas um detalhe existencial, como são todas as coisas.

— Como ele foi meu próprio instrutor, me coloco em suspeição.

Surya acenou que isso não tinha relevância. E Rudra saiu fazendo uma grande deferência.

Vale das Montanhas Brancas — Templo de Pedra Clara

O ar ali tinha uma gravidade própria. As pedras pareciam sussurrar nomes antigos. Quando Surya chegou, três monges se ajoelharam discretamente, faziam parte de um mosteiro próximo e vieram saudá-lo, pois conheciam sua história — não por hábito, mas por algo que sentiam ao vê-lo passar: não era o ouro na bainha do sabre, nem o broche real, mas a firmeza silenciosa de quem comanda não por força, mas por presença.

Asim esperava em pé, diante do penhasco.

— Majestade — disse, curvando a cabeça num gesto contido, mas claro.

— Aqui não sou rei — respondeu Surya. — Sou apenas um que busca aprender.

Asim ergueu os olhos, penetrantes, mas sem hostilidade.

— Só alguém verdadeiramente soberano pode dizer isso.

Surya não sorriu. Apenas assentiu.

O treinamento se iniciou sem protocolos. Asim não fazia cerimônias. Mas havia, no modo como lhe entregava as armas, ou no silêncio que guardava após cada acerto de Surya, uma reverência cuidadosa — como se soubesse que não treinava apenas um guerreiro, mas alguém cujo gesto influenciaria muitos.

— Corte a sombra, não o homem — disse Asim, num dos treinos. — O verdadeiro inimigo não veste armadura.

Surya mergulhava nos exercícios com uma disciplina rara. Mas era nos intervalos — nos momentos em que lavava as mãos com água de nascente ou observava as montanhas ao longe — que o aprendizado realmente cristalizava.

Foi após um desses instantes que ele disse, mais para si do que para o mestre:

— Não é o corte que define o destino — mas o discernimento. E a luz que ele reflete antes de tocar o ar.

Asim se virou, parando a esgrima. Aproximou-se. Os olhos estavam serenos e tanto surpreendido. Nos longos anos de seu ofício, nunca houvera um aprendiz como Surya.

— Continue, Majestade, por favor.

— Há quem veja na lâmina apenas a força... mas o verdadeiro praticante reconhece o silêncio.

Enquanto falava, os monges que estavam mais distantes, agora a caminho do mosteiro, reduziram o passo. Não por ordem ou pressão externa, mas porque o ar à sua volta havia se transformado. Uma aura de reverência envolvia o momento. Havia algo de sagrado na forma como Surya erguia a espada — não como emblema de domínio ou guerra, mas como um instrumento de clareza, como se cada movimento revelasse uma verdade antes oculta.

— Antes de qualquer movimento, há um ponto imóvel... onde a mente cessa, e a clareza começa.

Asim cruzou os braços. O vento mexia levemente seu manto. Por um momento, não era claro quem ensinava a quem.

— Sua Majestade não veio buscar uma técnica — disse ele. — Veio lapidar uma linhagem.

Surya não respondeu. Estava agora em silêncio profundo, sabre à frente, a ponta levemente inclinada para o céu.

— Discernimento é a lâmina que atravessa a névoa de Maya...

Asim, ainda que mestre, recuou um passo. Por deferência. Por respeito.

— … é a paz no centro da tempestade da dualidade.

Naquela noite, para o três monges nenhum som ecoou no templo. Mesmo os sinos dos ventos pareciam conter-se.

Os monges não sabiam se já estavam diante de um novo *Dharma-rei*. Mas sabiam que algo estava em curso — e que as montanhas jamais seriam as mesmas.

Num certo dia, meses depois de graduar-se em armas, Surya enfrentaria um conflito religioso. O clima era tenso como a corda de um arco esticado demais.

No grande salão, representantes dos três caminhos espirituais — os *ācāryas* jainistas, os *bhikkhus* budistas e os *sādhus* da tradição védica — estavam reunidos em meio a um silêncio carregado de expectativa. Apesar da formalidade das vestes e da compostura dos rostos, sentia-se no ar uma tensão contida, como se cada palavra a ser dita pudesse selar destinos.

Do lado de fora, porém, a contenção já havia se dissipado. Simpatizantes de cada corrente, divididos por posição, história e intenção, transformavam desentendimentos sutis em fricções cada vez mais acentuadas. O que começara com olhares trocados e murmúrios hostis agora ameaçava saltar à violência em voz alta.

O dinasta usurpador, embora nominalmente hindu, não proibia abertamente as outras religiões. No entanto, sua política era permeada por uma perseguição velada: favorecia os seus, tolhia recursos aos templos jainistas e aos centros budistas, e deixava que seus aliados locais agissem com impunidade contra os fiéis de outras tradições. Sua tolerância era apenas uma máscara para o controle.

Surya entrou envolto em um manto branco, simples como a verdade, mas o sabre à sua cintura não era um adorno. Era um lembrete: a lucidez também tem forma, e às vezes ela corta.

Ao seu lado caminhava Asim, que aprendera a falar apenas quando o silêncio já dissera antes. Seu lugar não era na frente, nem atrás — era ao lado, como sombra sábia de quem já vira muitos reis nascerem e morrerem.

Num murmúrio quase perdido no ar pesado do salão, ele disse:

— Há lama, Majestade — e não da chuva. É a lama dos que se alinhavam ao usurpador. Não seguem uma jornada, apenas se agarram ao chão que lhes convém, onde o poder escorre mais fácil que a honra. Os súditos, esses, não querem mais vozes que gritam por si mesmas, nem discursos ocos. Preferem o silêncio profundo das noites ao alarido sem eco da turba. Se desejar, pode caçá-los — como fazem os tigres aos leopardos: sem pressa, mas com precisão.

Surya acenou com a cabeça em reconhecimento.

Um dos brâmanes se ergueu, apontando.

— Majestade, é inadmissível! Os jainas desrespeitaram as normas do templo de Agni ao se recusarem a participar dos rituais de purificação. Isto é uma afronta!

Um monge budista rebateu:

— E o que dizer dos sacerdotes que cobram ouro por oferendas enquanto o povo passa fome? Que Dharma é esse que fere em nome de tradição?

O jainista, austero e calado até então, fitou ambos e disse apenas:

— Ahimsa. Não-violência. Quem aqui está disposto a morrer sem matar?

Os ânimos se acirraram.

Surya permaneceu em silêncio. Caminhou lentamente até o centro do salão, retirou o sabre de sua bainha e o cravou no chão com reverência. A lâmina cintilou como se refletisse uma luz que não vinha do mundo.

— Este é o Sabre de Diamante — disse com voz serena. — Não corta com violência, mas com discernimento.

Todos se calaram.

— Se estamos aqui para provar qual fé é a mais pura, já estamos impuros. O ego disfarçado de devoção é mais perigoso do que mil exércitos. A chama que nasce da disputa pelo Sagrado é sempre um incêndio em nome dos próprios espelhos.

Ele os olhou um por um.

— Nenhuma verdade se impõe pela força. Nenhum Dharma se sustenta pela divisão. Se o ensinamento que vocês defendem não os ensina a ouvir, então não é ensinamento — é ruído.

O silêncio caiu como neve.

— Eu treinei com armas para cortar a ilusão. E hoje compreendo: o verdadeiro inimigo não é o outro — é o "eu" que precisa vencer a todo custo.

— Majestade — arriscou o *bhikkhu* — e como evitar que o sangue seja derramado? Nossos devotos estão prestes a entrar em guerra...

Surya respirou fundo.

— A luz do sabre é o discernimento entre agir e reagir. Entre reagir por medo, ou agir por clareza. Convoco todos vocês para um rito novo: não de fogo, de flor ou de silêncio... mas de escuta. Reúnam-se com os anciãos de cada povoado. Ouçam as mães, os agricultores, os jovens... e depois tragam-me suas vozes.

Apontou para a lâmina fincada no chão.

— Só então esta lâmina será retirada — se tiverem aprendido a cortar não uns aos outros, mas a raiz do sofrimento comum.

Naquela noite, o sabre permaneceu cravado no chão. Era como uma chama quieta.

Do lado de fora, os devotos recuaram. Alguém dissera que o rei havia falado com o silêncio — e que o silêncio dissera mais do que as espadas.

Nos dias que seguiram, em cada aldeia, começaram a circular histórias: de monges que sentavam com camponeses; de brâmanes que ouviam jainistas em silêncio; de devotos que choravam ao descobrir que o outro, tão diferente, também sofria. E que os mais humildes não entendiam, por vezes, tanta devoção, e nenhum ato de atenção, de compaixão ou de um amor simples.

E assim o Sabre de Diamante tornou-se não arma, mas espelho.

E Surya, o rei que jamais precisou vencer — pois ensinou a todos que a verdadeira vitória é lembrar o que jamais deveria ter sido esquecido: que toda fé, antes de ser bandeira, é caminho interior.

A Procura de Lakshmi

Foram semanas de buscas silenciosas, entre pegadas apagadas pelo vento, véus de desconfiança e recusas repetidas, depois que saiu de Varanasi. Mas enfim, nas colinas de Vañjapatha, onde os rios se entrelaçam como serpentes de prata sob o céu quente, Rudra encontrou a fortaleza: erguida em pedra vermelha, austera mas imponente, guardada pelo tempo e pela solidão.

Ali vivia o rajah, um homem que perdera o trono, mas não a riqueza nem a influência. Embora exilado do poder formal, ainda contava com o apoio discreto de antigos aliados e a lealdade de uma corte fiel. A nobreza local via nele não apenas um rei caído, mas uma figura de dignidade inabalável — alguém cujo nome ainda carregava peso, mesmo na sombra.

Quando Rudra proferiu o nome "Lakṣhmi", após explicar suas credenciais e intenção, o ar na sala pareceu parar. O rajah estremeceu como se uma chama adormecida tivesse sido reacendida dentro dele.

— Ela vive? — perguntou, a voz possante de Rudra, mas naquele momento, frágil como vidro, e brilhando de esperança.

— Vive! — Respondeu o rajah, apertando os olhos num misto de satisfação e dor. Soube ali que a amada filha, seguiria seu destino.

— Saiba, nobre rajah, é amada por alguém que aprendeu a ver com o coração — e não apenas com os olhos do mundo. O rei Surya não o chama como súdito, mas como pai. Há um festival se aproximando… e um pedido a fazer de forma cerimonial.

O rajah abaixou o rosto por um instante, como se pesasse palavras há muito guardadas. Então, tocou o chão com reverência — aceitando o contrato e celebração do casamento.

Quando chegaram à capital, o rei observava tudo por detrás de uma cortina de lótus. Não revelou sua identidade. Sabia que o tempo tinha seus próprios gestos. Queria que o reencontro fosse mais que uma revelação — queria que fosse um renascimento. O Festival das Pipas: A Luz que Sobe aos Céus

O céu se cobriu de cores. O Festival das Pipas, instituído por Surya como rito de esperança, enchia as ruas com risos, músicas e danças. Cada pipa representava um desejo, uma lembrança, um desapego. Nobres e camponeses brincavam juntos, crianças corriam descalças por entre os jardins do palácio.

No centro da cidade, havia sido erguido um novo mosteiro — branco, simples, de linhas circulares. Um presente do rei ao mestre abade, que viera pessoalmente de terras distantes. Ao vê-lo, Surya o saudou com um gesto de profunda reverência.

— Que a luz do Dharma tenha casa neste reino — disse.

— E que este reino seja reflexo do Dharma — respondeu o abade, sorrindo serenamente.

Lakṣmi caminhava entre as pipas, sorrindo para as crianças, sem saber que todos ali sabiam mais do que ela. Em um momento, uma pipa em forma de flor de lótus desceu suavemente diante de seus pés. Ao pegá-la, viu que nela havia uma inscrição:

"Nem o vento carrega o amor — ele floresce onde há raiz e céu."

Ela olhou para o céu, como quem busca algo além das palavras. E então...

No dia do casamento, Lakṣmi ainda não sabia quem era o rei.

Mas no momento exato, quando o céu se enchia de cores e vozes, e a multidão celebrava, Surya caminhou entre o povo, simples como sempre foi. Trazia nas mãos uma única pipa — feita de seda branca, com o símbolo de uma flor de lótus. Caminhou até ela, abaixou-se diante de Lakṣmi, e lhe ofereceu a pipa.

Ela o reconheceu.

E o mundo, por um instante, silenciou.

O rei havia reencontrado sua rainha.

E o reino, seu destino.

As cerimônias não foram tão simples como Surya gostaria — mas foram sensatas e belas, conduzidas por monges, com flores de lótus, incenso e um silêncio atento. O casamento ocorreu sob um bodhi plantado especialmente para o dia. Ali, os votos não foram recitados em voz alta. Foram reconhecidos nos olhos.

Durante a cerimônia, o ancião que conduzia o rito disse:

"Assim como Rāma reconheceu Sītā não pela beleza, mas pela verdade que arde sem pedir palavra, Surya reconheceu Lakṣhmi não pelo véu, mas pelo gesto que rompe o tempo.

Ambos se viram na margem onde a alma se despe do medo.

E ali se chamaram."

Eles passaram então por três voltas ao redor do fogo sagrado — uma para o dharma, outra para o karma, e a terceira para o nirvana. Três voltas. Três encontros. Como os três dias na loja. Como os três objetos preciosos de Surya.

Na primeira volta, Lakṣhmi lembrou-se do primeiro dia, do silêncio entre os tecidos e da ausência de futuro. Quando o mundo parecia velho demais para recomeçar.

Na segunda volta, Surya lembrou-se do momento, quando ela colocou o dedo em seus lábios e transformou o adeus em promessa.

Na terceira volta, ambos lembraram-se do último olhar antes da partida, quando ela o viu dizer, sem palavras:

"Você se casará com um príncipe."

E agora, ali estavam.

Na noite da união, não houve celebrações ruidosas, mas um momento de recolhimento, sob as estrelas. Sentaram-se lado a lado, como dois viajantes que haviam percorrido o mesmo deserto por caminhos distintos.

— O destino nos fez sementes sem terra, mas a roda girou... e a terra nos reconheceu.

Surya respondeu:

— Tenho a seguinte lembrança, Lakshmi: Kabir, um mestre do mundo, assim o considero, disse uma vez:

"A alma encontra a alma, não quando se procura, mas quando se esquece do eu."

— Foi assim com você.

Ela tocou a esfera de cristal em suas mãos, que irisava a luz de uma lua cheia que entrava descuidada e silente por uma janela e suas alvas cortinas. Ele acendeu a lamparina de óleo. E o silêncio daquela noite os abençoou com o que só a união dos opostos pode oferecer: o repouso no meio do caminho.

A Casa e o Reino — O Silêncio que Reina

O trono não era um palco. Para Surya, era um assento de vigília. Ele assumiu o reino com a serenidade de quem já havia governado a si mesmo. Nenhuma coroa pesava mais do que o silêncio que aprendera no pátio do mosteiro. Ao contrário de muitos, ele não via no poder um fim, mas uma forja para fabricar a melhor joia no mundo. O poder era um fogo, mas ele o mantinha contido, como se mantêm as chamas de uma lamparina: para iluminar, não queimar.

Seu reinado foi marcado por decisões justas e muitas delas lentas, quase sempre após longas caminhadas solitárias pelos jardins internos ou conversas noturnas com Lakshmi à beira do lago. As também com seus conselheiros mais próximos. Os conselheiros se surpreendiam com sua escuta — era mais um ouvinte que um proclamador. Quando falava, raramente usava o verbo para impor. Preferia perguntar. Preferia indicar um caminho e deixar que o outro o escolhesse.

Lakshmi, por sua vez, tornou-se a alma do palácio. Se Surya era o eixo invisível, ela era o perfume que se espalhava pela cidade-palácio. Sua atenção era tripla: ao povo, ao lar e ao propósito terreno e espiritual.

Ela acordava antes do nascer do sol, acendia uma vela no altar interno, e só depois cuidava dos afazeres do dia. Criou espaços de acolhimento para mulheres e artistas, trouxe para o reino o refinamento dos tecidos, da dança, da pintura e da música como curas sutis. Dizia que, algo que compartilhava completamente com seu marido, "a beleza é o modo como a alma se sente em casa no mundo".

Ainda assim, havia desafios. Um reino dividido há décadas por disputas familiares e feridas antigas não se harmoniza apenas com bons sentimentos. Alguns nobres desconfiavam da origem de Surya. Outros se ressentiam da simplicidade com que ele vivia e o modo autêntico com todos. Não eram raras as tentativas veladas de manipulação, os jogos diplomáticos, os testes.

Mas a força de Surya vinha do que nele não se movia. Havia um centro dentro dele que nunca oscilava. Às vezes parecia ausente nas reuniões mais calorosas — mas era ali que mais via. Lakshmi costumava dizer:

— O que eles chamam de fraqueza, amor, é o que um dia irão chamar de sabedoria.

Ele sorria. Era um rei que sorria com os olhos baixos, como quem medita mesmo enquanto caminha entre espadas.

Tiveram filhos — três. Um com o vigor do pai e propósito, outro com a ternura da mãe, e o terceiro diziam, lembrava Aryan, o pai de Surya.

Quando diziam isso para Surya e Lakshmi, ambos sorriam com uma cumplicidade notória.

Os filhos foram criados entre livros e árvores, entre mestres e silêncio. Nenhum dos dois ouviu sobre guerra nos primeiros anos. Ouviram sobre karma, sobre retidão, sobre o canto dos pássaros e os nomes das estrelas. Só mais tarde souberam das feridas do passado, quando já tinham compaixão suficiente para não repetir a história com ódio.

Os anos passaram, e com eles cresceu também Aryan, o primogênito. Ainda jovem, já demonstrava rara sabedoria e liderança, mas não era a astúcia que o movia — era a escuta. Havia nele o equilíbrio de Surya e a lucidez afetuosa de Lakshmi. Aprendera desde cedo que governar não era ordenar, mas servir; não era brilhar, mas oferecer luz. E o povo, ao vê-lo caminhar pelas vilas, chamava-o de "o raio do meio-dia" — pois sua presença aquecia e clareava sem cegar.

Com o tempo, tornou-se conselheiro do pai e, pouco a pouco, assumiu funções do governo com naturalidade, sem ambição, mas com firmeza. Surya o observava com olhos serenos, como quem vê uma árvore florescer onde antes havia plantado silêncio. Era a continuidade sem ruptura. O Reino respirava confiança.

E mesmo quando o tempo já marcava nos corpos de Surya e Lakshmi o seu traço inevitável, ainda havia nela o mesmo gesto — aquele com que traçara um sutra invisível sobre os lábios de Surya. E nele, ainda havia a reverência silenciosa, como na primeira vez em que escutara sua voz, como quem ouve o próprio destino sussurrar:

"Como se despede do que nunca se ausenta?"

Diziam que o Reino havia se tornado um lugar de suavidade — não por ausência de dores, mas pela forma como elas eram recebidas. Lá, até mesmo os invernos pareciam ter um gesto de cuidado.

E o segredo disso não estava em decretos, nem em conquistas. Estava no que se passava entre as paredes do Palácio Interior — no silêncio cúmplice de duas almas que haviam se reconhecido antes mesmo de saberem seus nomes. Surya e Lakshmi não precisaram se despedir, porque jamais se afastaram.

Onde um terminava, o outro começava. E entre eles, fluía o Reino.

O Último Olhar

Um dia, enquanto meditava sob a sombra serena de uma árvore antiga, Surya viu Lakshmi se aproximar.

Os dois se entreolharam. Ternamente. Totalmente.

E naquele instante, ela soube.

Ele fechou os olhos e curvou-se, mergulhando em profunda meditação. Três dias se passaram. O mundo ao redor silenciou, como se respeitasse aquele momento sagrado.

Quando Lakshmi sentiu que ele havia retornado, foi até ele e, com voz suave e certa, disse:

— Meu marido, seu momento chegou. Você já está preparado para sair da roda do *saṃsāra*. Eu sei. Este é o seu caminho... e o meu também será. Mas o meu tempo ainda não se cumpriu. O que desejas que eu faça agora?

Ele pediu que preparassem o pátio onde buscaria a iluminação. Pediu também que ela informasse ao filho e aos nobres que ele se afastaria do governo, mas que, no momento certo, o filho assumiria o trono sob sua regência. Aryan, o filho, já estava pronto.

Tudo foi preparado. Mas, ao contrário de Siddharta Gautama, que se sentou sob a árvore, Surya escolheu ficar de frente para ela, observando-a como testemunha silenciosa.

A notícia se espalhou como o vento. Muitos correram até o palácio, suplicando para estar ao seu lado no momento decisivo. Ele recusou.

Mas depois, aceitou.

Não no pátio, mas num morro distante, onde uma árvore centenária erguia-se solitária contra o céu — como uma testemunha silenciosa do tempo. Quem quisesse acompanhá-lo, que fosse até lá.

Surya sentou-se diante da árvore, com a coluna ereta e o olhar tranquilo. Imóvel como uma montanha. Silencioso como a origem dos ventos. Já não havia a intenção de alcançar algo, mas apenas o gesto de deixar tudo repousar.

Māra veio. Como sempre vem.

As tentações não chegaram com estrondos. Vieram primeiro como brumas sutis — dúvidas antigas sussurrando que o reino ainda precisava dele, medos sobre os filhos, saudades da forma de Lakshmi, e até mesmo lampejos de orgulho por tudo o que fora construído.

Mas Surya já conhecia os véus de *Māyā*. Não os combateu. Apenas respirou. Cada pensamento, cada sensação, ele acolheu como folhas que pousam num rio — e se vão. Não era mais tempo de vencer *Māra*. Era tempo de vê-lo com clareza.

Quando a última névoa começou a se dissipar, *Māra* lançou uma última cartada. Desta vez, surgiu com um sorriso ardiloso, trazendo consigo um pequeno baú de madeira escura, entalhado com símbolos do tempo.

— Ah, Surya... — disse *Māra*, com falsa ternura, abrindo o baú diante dele. No interior, três objetos reluziam sob a luz da manhã: uma esfera de cristal translúcida, um japamala de contas de sândalo e uma pequena lamparina a óleo, ainda acesa.

— Eis teus apegos — anunciou *Māra*, triunfante. — A memória, a fé, a luz que te guiou. Vou destruí-los. E então veremos se tua liberdade é verdadeira.

Surya contemplou os objetos por um instante, e então sorriu. Um sorriso leve, de quem reconhece o fim de uma ilusão.

— Isso não me pertence mais, *Māra*. É um presente.

Māra franziu o cenho, desconfiado. Aproximou-se.

— Um presente? Claro... teu presente! Algo que carregaste por toda vida, como um altar portátil. Se não é apego, o que é?

— Bem, Mara, devo decepcioná-lo, nunca foi apego, não havia ânsia por eles. Mara, você vê apego onde há apenas gratidão. A tigela serviu ao corpo, os objetos serviram ao espírito – e por isso, honro seu propósito. Tudo é transitório, mas nada é pequeno: cada coisa, em seu momento, merece o mesmo respeito. Não há ânsia pela tigela que se quebra, que se parte.

— Mas sua tigela de madeira não está aqui. E vem com essa história desses outros objetos serem um presente simplesmente. Sim, são um presente para seu apego. — Disse Mara com novo fôlego, como se tivesse encontrado uma brecha na personalidade de Surya.

Surya fechou os olhos por um breve instante, e então disse, com voz clara como o sino do templo:

— Sim, Māra. É um presente... É um presente para ti.

Mara recuou, perplexo, como se um golpe fatal tivesse sido desferido nele. E Surya continuou, com a calma de quem olha a verdade sem temor:

— Representa o tempo. E o tempo é teu domínio, mas não a verdade. Por isso o guardei. Por isso o carreguei. Para que um dia eu pudesse te devolver, com gratidão, aquilo que me ensinou sobre transitoriedade, nessa e em outras vidas. Eles não me servem mais, porém reconheço como importantes para ti. Um dia vai compreender mais do que estou lhe dizendo agora, mas é tarefa sua. A minha findou, inclusive, contigo.

Nesse momento, como se uma névoa se erguesse, *Māra* o viu de outro modo. Uma lembrança antiga o atravessou — de um discípulo do Buda, com olhos como os de Surya, que caminhara com amor ao lado do *Dharma*.

— ...*Ānanda?* — sussurrou, um pouco confuso. — És *Ānanda*, o que guardava os ensinamentos como se fossem flores?

Surya apenas acenou, sereno.

E então, algo inesperado aconteceu. As relíquias no baú começaram a brilhar, não como ouro, mas como memória viva. E a luz refletiu no rosto de *Māra*, dissipando suas formas densas. Pela primeira vez, ele aceitou um presente. Em seu semblante, não havia derrota — apenas o silêncio de um novo começo.

A última sombra se dissolveu.

Ao pé do morro, uma multidão aguardava em silêncio. Muitos não sabiam por quê — mas sentiam que algo importante estava sendo encerrado e iniciado ali.

Surya desceu devagar, como quem retorna do tempo profundo. Lakshmi o aguardava, vestida de branco, com os filhos ao lado. Ele não disse nada no primeiro momento. E compreendeu tudo, agora ele era o *Tathāgata*.

Ao descer do morro, Surya não caminhava como homem, mas como quem já não pertence a este mundo – nem a este, nem a outro. A multidão prostrou-se sem saber porquê, apenas sentindo: ali não estava mais um príncipe, um rei ou um mestre.

Estava um *Tathāgata*. Um iluminado.

"Aquele que assim veio"

"Aquele que assim partiu"

Lakshmi, ao seu lado, sorria com lágrimas. Ela sabia. Havia reconhecido esse andar em outra vida, quando servira como *Ānanda* ao Pé do Diamante Iluminado. Agora, no crepúsculo dourado, via o círculo fechar-se:

— Meu senhor... — chamou-o, num sussurro que só ele ouviria.

Ele voltou-se, e em seus olhos ela viu o mesmo rio que correra entre eles em incontáveis existências.

— Não há mais senhores nem servos, Lakshmi. Apenas o Dharma que nos carrega.

De lá, seguiram juntos ao mosteiro que haviam fundado anos antes, e que agora florescia com dezenas de discípulos. Surya ensinaria o Dhamma, como fizera em vidas passadas, mas sem abandonar o reino: Aryan governaria sob sua regência ainda durante um tempo, aprendendo não apenas os decretos do mundo, mas os silêncios do coração.

No mosteiro, seus ensinamentos ecoavam diferente. Não eram palavras novas, mas antigas como a própria terra – só que agora vinham de quem as realizara por completo. Os monges anotavam cada sílaba, sabendo que ouviam o último eco vivo da voz e da luz do *Buddha*, renascido em seu discípulo mais fiel.

Quando Aryan veio consultá-lo sobre o reino, Surya (que já não respondia por nome algum) apenas apontou para o céu:

— Vês aquela nuvem, filho do homem? Assim são os reinos dos homens.

Aryan fez uma reverência que a testa tocou o chão.

— Essa lição você já conhece, agora em maior profundidade. E isso basta, porque é a mãe de todas as outras.

O jovem rei compreendeu. Governaria sem se apegar, como seu pai agora respirava sem se prender ao ar.

Alguns meses depois, Lakshmi pediu para se ordenar monja. Deixou o nome real, como se desfaz de um manto cerimonial, e assumiu votos de simplicidade e serviço. Um dos filhos seguiu o mesmo caminho. O outro permaneceu no reino, como conselheiro e protetor do irmão.

Quando Aryan finalmente assumiu o trono por completo — já com olhos firmes, mas sem nenhuma arrogância dos que nascem para governar — Surya retirou-se da regência, não como quem perde um lugar, mas como quem entrega uma missão sagrada. A partir de então, passaram a chamá-lo de muitas formas, cada nome um reflexo da luz que ele agora era:

Pelos sábios do mosteiro, "Mahadeva, a Mão do Monge que Segurou o Cetro e o Vazio" — pois governara como rei e depois o abandonara como quem abandona uma roupa envelhecida, sabendo que nunca foi sua.

Entre o povo e mercadores, era conhecido como 'Surya Mahadeva, o Monge Órfão que se Tornou Rei e Renasceu Buda' — ou, simplesmente, *Rāja-Bhikkhu'*. Tocara a tigela, os trajes de monge e a coroa de um reino com a mesma serenidade, sem hesitar. Uma vontade única.

Pelos nobres, "Aquele que Despiu até a Púrpura" — como se o manto real fosse a última ilusão a ser vencida.

E pelos eruditos, em sussurros reverentes, era chamado "O *Chakravartin* que se fez Buda" — pois jamais houve monarca tão grandioso, que trilhasse caminho tão digno: do silêncio do monge ao peso da coroa, até a luz da iluminação, sem jamais olhar para trás. O fiel do próprio *Dharma*.

A esfera, o japamala e a lamparina? Jamais foram vistos de novo.

Mas aqueles que ouviam os ensinamentos de Surya sentiam que as três estavam presentes em sua fala: a clareza que mostrava as coisas como são, a disciplina compassiva da prática, e a luz que jamais se apaga.

E assim, a roda girou mais uma vez.

Sem esforço. Sem pressa.

Como o vento passando entre folhas antigas.

Os últimos anos de Surya foram silenciosos. Não de ausência, mas de presença plena.

Retirado num pequeno pavilhão nos fundos do mosteiro que ele mesmo ajudara a erguer, passava os dias em meditação, ou caminhando lentamente pelo jardim, onde cerejeiras floresciam e se desfaziam em silêncio. Às vezes, os discípulos o viam parado sob a sombra de uma árvore, imóvel, como se escutasse um ensinamento vindo do vento. Outras vezes, sorria ao observar uma criança correr entre os claustros — pois, para ele, o Dharma se revelava tanto na quietude quanto no movimento.

O Reino seguia em paz.

Aryan governava com firmeza, mas sem a dureza. A luz de sua regência não era feita de conquistas, mas de clareza e a busca da harmonia. Ele aprendera com o pai que governar é um gesto de compaixão em escala ampla, e que uma decisão justa é sempre um gesto de não-violência.

Certa manhã, um noviço de olhos ardentes dirigiu-se ao Buda Surya:

— Mestre, o senhor fala da espada que não fere, do sabre de diamante que corta sem machucar. Como pode uma arma ser tão real — e ainda assim não-violenta?

Surya deixou que um silêncio sagrado se instalasse, como bruma antes do alvorecer. Sua voz, quando veio, era como seda deslizando sobre aço:

— O sabre de diamante não secciona carne, mas a névoa da ignorância. Sua lâmina é forjada na forja da atenção plena, e temperada pela compaixão.

Quem verdadeiramente o empunha não o brande contra os outros — forja-se a si mesmo no fogo da atenção, transmutando o chumbo grosseiro dos instintos em ouro puro: esse discernimento que não se concede, conquista-se.

Seus olhos, dois sóis poentes, repousaram sobre o discípulo:

— Por anos, a lâmina comum, a mente dos homens, corta o que toca. Mas quando o diamante da mente lapidada substitui o aço grosseiro, ela não mais divide — ilumina. É por isso que exigimos disciplina. Até que tua mente se torne a lâmina brilhante desta espada, infelizmente, continuarás a ferir tudo a sua volta.

Uma brisa sutil dançou entre as folhas, e Surya concluiu. Suas palavras pareciam gravar-se no ar:

— Este é o Caminho do Sabre Luminoso. Restará apenas o *virya paramita* — a perfeição da coragem — para trilhar, sem posses nem eu, livre de ilusões, *no Dharma*, os passos do Tathāgata."

Para o pequeno monge, aquelas palavras pareciam escritas em rochas de fogo.

"Não há adversário senão a própria escuridão interior.

E o golpe final?

O despertar que dissolve até o golpeador.

Fim

Aum Ma Na Shi Va Ya'.

"Eu saúdo a consciência divina que habita em mim e em tudo, através da purificação emocional (Ma), do corpo e estabilidade (Na), da chama da transformação (Shi), da expansão vital (Va), e da união sutil com o todo (Ya)."